제23장

청부일지(請負日誌)를 보다

　"정신이 드십니까?"

　생사당주 무비황의 물음에 형응은 몇 번 눈을 끔뻑이더니
천천히 몸을 일으켰다.

　"아직 무리하시면 안 됩니다."

　무비황이 얼른 부축하며 말했다.

　"안 죽어. 물이나 줘."

　무비황의 말을 일축한 형응이 손을 뻗자 병 수발을 들던 시
비가 적당히 데워진 엽차를 건넸다.

　형응이 엽차 두 잔을 거푸 마신 뒤 물었다.

"며칠이나 지난 거야?"

"사흘이 지났습니다."

"사흘이나?"

짧게 반문한 형응이 생각에 잠길 때, 문이 벌컥 열리며 염쾌를 비롯한 매혼루의 수뇌들이 들이닥쳤다.

"루주님!"

염쾌의 외침에 형응이 인상을 확 찌푸렸다.

"누가 죽기라도 한 거야? 겨우 살았는데 태상 영감 때문에 놀라 뒈지겠어."

"죄, 죄송합니다."

염쾌가 아차 싶은 표정으로 고개를 숙였다. 조금 전, 루주가 곧 정신을 차리실 것 같다며 혹여 정신을 차리시더라도 절대 안정을 취해야 하니 호들갑을 떨지 말라는 무비황의 경고를 떠올렸다. 그렇잖아도 무비황이 못마땅한 눈빛으로 쏘아보고 있었다.

"추혼전주도 왔어?"

형응의 부름에 강와가 침상을 에워싸고 있는 장로들을 헤치며 모습을 보였다.

"예, 루주님."

"보고해."

뜬금없는 말일지 몰랐으나 이미 그런 질문을 예상이라도

한듯 강와는 빠르게 입을 열었다.

형웅이 혈우야괴와 싸우는 동안 벌어진 소탕 작전의 전반적인 내용이었다.

핵심은 귀살곡을 완벽하게 괴멸시켰고 삼 할 정도가 포위망을 빠져나갔으나 귀살곡주를 비롯해 핵심 수뇌들 대부분이 목숨을 잃었기에 크게 의미를 둘 필요는 없다는 것.

형웅은 귀살곡의 살수 중 상당수가 갈대밭에 퍼진 불길에 목숨을 잃었다는 말을 듣자마자 기분 좋게 웃음을 터뜨렸다.

십 년 전, 매혼루가 귀살곡의 공격을 받았을 때 그들이 건물은 물론이고 포로로 잡힌 이들마저 건물과 함께 불에 태워 죽였기 때문이었다.

"불에 타 죽는 것만큼 고통스러운 것이 없다지? 크크크! 아주 잘됐어. 먼저 간 이들의 원한이 조금은 풀렸겠군."

잔인하기 짝이 없는 말이었음에도 주변에 있는 누구도 인상을 찌푸리거나 기분 나빠하지 않았다. 대부분이 그때의 고통스러운 기억을 가지고 있기에 오히려 당연하다는 듯 고개를 끄덕였다.

"그런데 형님은?"

"능상객점에 머물고 있습니다."

"왜? 함께 오지 않았어? 우리와 정리해야 할 일이 있다고 했잖아."

형웅의 천연덕스러운 반응에 염쾌가 인상을 찌푸리며 물었다.

"오겠습니까?"

잠시 눈동자를 굴리던 형웅이 씨익 웃었다.

"아니, 미치지 않고서야."

"차라리 왔으면 좋았을 겁니다."

염쾌의 말에 형웅의 눈꼬리가 살짝 올라갔다.

"왜? 여차하면 죽여 버리게?"

"그자가 본 루와 정리해야 할 일이 남았다고 했습니다. 그때의 표정을 보면 결코 우호적이지 않았습니다. 최악의 상황을 감안해야 하지 않겠습니까?"

"듣고 보니 그렇긴 하네. 그걸 아니까 형님도 이곳으로 오지 않은 거겠지만. 근데 대체 무슨 일인지 짐작되는 거 없어? 내가 정신이 오락가락하는 사이에 대충 얘기들은 해봤을 것 아냐."

형웅의 말에 염쾌가 짜증나는 표정으로 답했다.

"아무리 생각을 해봐도 화영상단으로 인해 부딪친 것 말고는 그자와 엮인 일이 없습니다."

"화산파는?"

"사소한 일이 몇 가지 있기는 하지만 풍 공자가 저리 심각하게 언급할 정도는 아닌 것 같습니다."

강와의 대답에 형웅이 시비를 향해 엽차를 더 달라는 손짓을 하며 물었다.

"확실해?"

"예, 확실합니다."

"결국 형님이 말해주기 전에는 절대 모른다는 소리네. 당연히 준비를 할 수도 없고."

"죄송합니다."

강와가 머리를 숙였다.

"죄송은 무슨. 부딪쳐 보면 알게 되겠지. 근데 태상 영감, 귀살곡은 어찌해야 되는 거야? 잔당이 남았다면서. 설마 그냥 둘 생각은 아니겠지?"

"정리해야지요. 루주님의 명만 떨어지면 당장에라도 쓸어버릴 수 있습니다."

염쾌가 자신만만하게 외쳤다.

"좋아, 바로 쓸어버려……."

형웅이 흔쾌히 고개를 끄덕이려는 찰나 강와가 재빨리 끼어들었다.

"쓸어버리는 것도 좋지만 가급적이면 우리가 흡수하는 것이 어떨까요?"

"흡수라니? 지금 우리보고 귀살곡의 버러지들을 품으라는 말이냐?"

염쾌가 도끼눈을 치켜떴다.

"품을 수 있으면 품는 게 좋다고 봅니다. 화살받이로 쓸 놈들은 많으면 많을수록 좋으니까요."

"그게 무슨 말이야. 화살받이라니?"

형웅이 이해하지 못하겠다는 얼굴로 물었다.

"풍 공자가, 정확히는 묵영단에서 귀살곡 놈들 몇을 포로로 잡고 심문을 한 모양입니다. 그 과정에서 상당히 놀라운 사실이 확인되었습니다."

"뭔데?"

"귀살곡과 사신각이 혈우야괴에 굴복했습니다."

"귀살곡은 이미 십 년 전에 이미 확인이 된 거고 사신각까지 넘어갔군. 그게 그렇게 놀라운 건가? 어느 정도 예상은 했잖아."

약간 실망한 듯한 형웅의 반응은 이어진 강와의 말에 이내 경악으로 번했다.

"한데 그 혈우야괴마저 누군가의 하수인에 불과하답니다."

"뭐야!"

침상 벽에 비스듬히 기댔던 형웅의 몸이 튕기듯 세워졌다.

"지금 뭐라고 했어? 하수인? 누가? 혈우야괴 그 노물이?"

형웅이 미친 듯이 질문을 토해냈다.

"그렇습니다."

"말도 안 돼!"

형웅의 입이 쩍 벌어졌다. 염쾌 등도 처음 듣는 말인지 다들 믿을 수 없다는 얼굴이었다.

충격이 가라앉기를 기다린 강와가 말을 이었다.

"본 루와 풍 공자를 상잔케 하는 의도도 그자들이 꾸민 것 같다고 합니다. 그 외에도 몇 가지 정보가 더 있는 것 같은데 의도적으로 감추는 것 같았습니다. 아무튼 혈우야괴를 수하로 부릴 수 있는 세력이 도사리고 있고 그들이 풍 공자와 우리를 노렸다는 것은 자명합니다."

"혹 또 다른 공격이 있을 수 있다고 여기는 것이냐? 그래서 귀살곡 놈들을 화살받이로 세우자는 것이고."

염쾌가 굳은 표정으로 물었다.

"예, 귀살곡은 저리 됐어도 아직 사신각이 남았으니까요. 어쩌면 다른 놈들이 올지도 모르는 것이고요."

"추혼전주 말이 맞는 것 같은데. 개새끼들! 십 년 전에 이미 우리를 지우려고 했어."

형웅이 이를 부득 갈았다.

"혈우 노물이 처음부터 우리를 공격하지는 않았습니다. 제 발밑에 굴복하기를 원했지요. 루주께선 그걸 거부한 것이고요."

염쾌는 혈우야괴의 제안을 받고 비웃음을 흘리던 전대 루

주를 떠올리며 지그시 입술을 깨물었다.

"어쨌거나 복수를 하고 보니 뒤에 더한 놈이 있다는 말이잖아. 젠장! 어쩌라는 거야!"

형웅이 신경질적으로 소리쳤다. 이에 화답하는 사람은 아무도 없었다. 그저 깊은 한숨만을 내쉴 뿐이었다.

         *   *   *

"아무래도 느낌이 좋지 않습니다."

술을 따르는 은혼의 표정이 평소보다 날카로웠지만 풍월은 그다지 대수롭지 않게 여기는 듯했다.

"뭐가요?"

"벌써 닷새째입니다. 마냥 기다리기만 할 생각입니까?"

"기다리지 않으면요?"

"저들이 나쁜 마음을 품을 수 있습니다. 자칫 무방비로 공격을 당하면……."

"글쎄요. 일단 그런 짓을 할 놈은 아닌 것 같은데. 혈우야괴의 정보를 건넸으니 그쪽도 정신없을 테고요. 뭐, 최악의 수를 둔다면 어쩔 수 없지만요."

말은 그리하면서도 풍월은 형웅이 기습적으로 공격을 할 것이란 생각을 하지 않는 것 같았다.

'어쩐다.'

답답함을 참지 못한 은혼이 나직이 한숨을 내쉬었다.

"그보다 귀살곡의 배후에 대해선 좀 나왔습니까?"

풍월의 물음에 은혼의 낯빛이 살짝 굳어졌다.

당연했다. 개방과 더불어 중원 최고의 정보망을 자랑한다는 묵영단에서도 전혀 눈치채지 못했던 정보가 아니던가.

"아직 별다른 소식은 없습니다만, 곧 답이 올 것입니다. 궁에서도 심각하게 받아들일 테니까요."

닷새 전, 귀살곡과의 싸움에서 은혼은 귀살곡에서 어느 정도 위치에 있어 보이는 자들 셋을 사로잡았다. 그리고 그들의 목숨이 끊어지기 직전 엄청난 사실을 알게 되었다.

처음 그들을 사로잡은 이유는 귀살곡이 어째서 풍월을 노린 것인지 정확한 이유를 확인하기 위함이었다.

단지 매혼루와 상잔케 하기 위해서라는 것은 어딘지 석연치 않은 구석이 있기 때문이었는데 포로들은 그저 풍월이 매혼루와의 관계가 좋지 않은 점을 노렸을 뿐이라 대답했다.

그런데 혹시나 하고 복용시킨 난혼단(亂魂丹)이 엄청난 반전을 일으켰다.

난혼단은 만독방에서 만들어낸 단환으로, 원래는 복용한 자의 정신을 혼미하게 만들어 적을 손쉽게 제압하는 용도로 만든 것이다.

한데 묵영단에선 난혼단을 복용한 자의 정신이 짧은 시간이나마 완벽하게 제압이 된다는 것에 착안하여 사로잡은 포로나 간자들에게서 손쉽게 자백을 받아내는 용도로 사용했다. 그 과정에서 대다수가 목숨을 잃는 부작용이 있기는 했지만 그건 고려 대상이 아니었다.

난혼단을 복용한 귀살곡의 살수들 중 두 명은 풍월과 매혼루와의 관계만 대충 언급을 했다. 한데 귀살곡주 염극의 큰아들로 밝혀진 염창의 입에선 상상할 수도 없는 말이 흘러나왔다.

귀살곡주의 명을 받고 화산으로 향한 귀문의 임무는 풍월이 지녔을 것이라 추측되는 천마도를 탈취하라는 것과 더불어 풍월과 연관된 화산파 제자들을 공격하여 그로 하여금 매혼루를 찾게 만들라는 것이었다.

'천마도'라는 말이 흘러나왔을 때 은혼과 묵영단원들은 말 그대로 석상이 되어버렸고, 풍월 또한 놀람과 당혹감을 감추지 못했다.

이어지는 말은 더 놀라운 것이었다.

귀살곡과 사신각은 혈우야괴로 인해 이미 한 몸이나 다름없는 관계이며 그 혈우야괴 또한 누군가의 하수인에 불과하다는 충격적인 사실.

천하십대고수가 하수인에 불과하다는 말을 들었을 때 풍월

과 은혼 등이 느낀 충격은 상상을 불허할 정도였다.

십 년 전, 매혼루가 혈우야괴와 귀살곡의 공격을 받아 크게 낭패를 본 일은 알 만한 사람은 다 알고 있었기에 혈우야괴가 귀살곡을 휘하에 두고 있다는 것은 그러려니 했다.

사신각마저 굴복했다는 것은 조금 의외긴 했지만 수긍 못할 것은 아니었다. 하지만 그런 혈우야괴를 하수인으로 부리는 세력이 존재한다는 말은 상상의 궤를 달리 하는 것이었다.

은혼은 패천마궁이 이십여 년 전 천마도로 인해 벌어진 참화가 정체를 알 수 없는 세력의 수작일 수도 있다는 가정을 하고 있음을 기억하곤 곧바로 자신이 파악한 정보를 패천마궁으로 보냈다.

풍월이 천마도를 지녔다고 판단하고 이를 회수하려 했다는 것은 과거 무림에 혈풍을 몰고 온 천마도가 검선과 마도의 손에 들어갔고, 그로 인해 은거를 했다는 것도 눈치채고 있다는 것. 이를 감안했을 때 어쩌면 그 세력의 정체 일부가 드러난 것이라 판단한 것이다.

아직 어떠한 답도 오지 않았지만 정보의 중요성을 감안했을 때 패천마궁, 특히 정보를 관장하는 묵영단은 그야말로 난리가 났을 것이라 미루어 짐작할 수 있었다.

"그런데 풍 공자."

"왜요?"

"진짜 그 천마도……."

조심스레 입을 열던 은혼이 풍월의 눈꼬리가 살짝 올라가는 것을 확인하곤 얼른 입을 닫았다.

"저 위쪽에 천마도 때문에 난리가 났다면서요. 정 궁금하면 그쪽 가서 찾아보든가요."

"죄송합니다."

"쓸데없는 소리 하지 마시고 손님 맞을 준비나 해요."

"예?"

"녀석이 온 것 같네요."

객점 문이 열리며 일단의 무리가 쏟아져 들어왔다. 무리의 선두에 선 이는 형웅이었다.

"왔냐?"

풍월의 손짓에 형웅이 거침없는 걸음걸이로 다가오더니 맞은편 의자에 털썩 앉았다.

"대낮부터 술이에요?"

"어쩔 수 없잖아. 누구를 기다리느라 지루해 죽을 지경이었으니까."

"흐흐흐! 미안해요. 그 노물의 실력이 만만치 않아서 고생 좀 했네요."

"쯧쯧, 그래 보인다."

풍월이 막 딱지가 내려앉은 얼굴의 상처를 보며 혀를 찼다.

딱지 사이로 아직도 진물이 비쳤다. 미소년까지는 아니어도 패나 미끈한 얼굴이었건만, 흉측한 상처가 자리한 지금은 아니었다.

"한잔해라."

"환자에게 술이라니요. 정신 차린 지 고작 이틀 됐습니다."

"이거 마신다고 안 죽어. 그리고 복수도 했잖아. 축하주는 해야 되는 거 아냐?"

"그건 그러네요."

뒤쪽에 서 있는 무비황의 고갯짓에도 형웅은 거침없이 술잔을 들이켰다.

세상 모든 것을 얻은 표정으로 거푸 술을 들이켠 형웅이 술잔을 돌려주자 풍월은 가만히 받아들며 말했다.

"솔직히 네가 이길 줄은 몰랐다."

"진짜요? 그러면서 그 노물을 나에게 맡긴 겁니까?"

형웅이 어이없다는 얼굴로 술을 따랐다.

"네가 원했잖아. 죽일 듯한 얼굴로."

"흐흐흐! 그건 또 그렇네요."

"원한도 원한이지만 이길 자신이 있었던 거지?"

"당연하죠."

"그런데 어째서 날 공격하지 않은 거냐? 그 정도 실력이면 말이 아니라 실력 행사가 먼저 아닌가? 설마하니 한낱 애송

이에 불과한 날 혈우야괴 정도의 실력자로 여기진 않았을 텐데."

정색을 하고 묻는 풍월과는 달리 형웅의 입가엔 웃음이 가시질 않았다.

"그때 얘기했잖아요. 처음엔 그럴 생각도 있었다고. 그런데 경고등이 마구 켜지면서 본능이 움직이지 말라는데 어째요? 관둬야지. 결과적으로 옳은 선택이었고요. 귀살곡주도 형님이 보냈다면서요?"

형웅이 자신의 목을 치는 시늉을 하며 물었다.

"그랬지. 나름 고생을 하긴 했지만."

풍월이 팔뚝의 상처를 보여주며 말을 이었다.

"그런데 귀살곡주와 혈우야괴를 비교하는 것 자체가 말이 안 되잖아. 혈우야괴의 숨통을 끊어버린 네가 어쩌면……."

"아니요. 꼬시지 마요. 지금껏 한 번도 틀려본 적이 없는 본능이 여전히 경고등을 보내고 있으니까."

형웅의 넉살에 풍월이 피식 웃음을 터뜨렸다.

"그래? 그렇다면 다행인 거고. 참, 얘기는 들었지? 혈우야괴에 대해서."

"들었습니다. 어처구니가 없더라고요."

"그러게. 명색이 천하십대고수라는 명성을 지녔던 사람이 고작 하수인이라니."

"복수했다고 좋아했더니만 그 위에 또 다른 놈들이 있네요. 어쩌면 더 강하고 살벌할 것 같은 놈들이."

답답해하는 형응의 표정에 고개를 끄덕인 풍월이 천천히 술잔을 비웠다. 그러고는 정색을 했다.

"이제 우리 얘기를 좀 해야겠다. 그때도 얘기했지만 우리 사이엔 아직……."

"정리할 문제가 있다고 했지요? 뭔데요, 그 문제가? 다들 머리를 맞대고 열심히 굴려봐도 접점이 보이질 않네요. 설마 일전에 있었던 일로 그러는 건 아닌 게 분명하고요."

웃으며 말을 하고 있지만 형응의 눈빛 깊은 곳은 착 가라앉아 있었다.

주변을 에워싸고 있는 매혼루의 살수들 역시 긴장한 모습이 역력했다. 여차하면 적으로 돌변하여 무기를 맞댈 수도 있다고 생각했기 때문이다.

그들의 반응을 아는지 모르는지 풍월이 입에 댔던 술잔을 천천히 내려놓으며 말했다.

"정확히 이십이 년 전, 여름의 항주. 매혼루에선 의뢰를 받고 한 여인을 쫓았다. 만삭의 여인이었지. 정확한 인원이 얼마인지는 모른다. 어쨌건 특급살수까지 동원되었으나 의뢰는 실패했고 산모를 노렸던 살수들 역시 모조리 죽었다."

풍월의 말이 끝남과 동시에 염쾌와 청요가 동시에 외쳤다.

"청인!"

"오라버니!"

그들은 제자이자 오라버니였던 특급살수 청인을 정확히 기억하고 있었다. 그가 이십이 년 전 임무에 실패하고 목숨을 잃었다는 것까지.

열다섯 어린 나이, 오라비이자 부친이나 다름없었던 청인을 잃고 몇 날 며칠을 울부짖었던 기억을 떠올린 청요가 몸을 부르르 떨었다.

"누구죠, 오라버니를 죽인 자가?"

청요가 살기 어린 음성으로 물었다.

그녀로선 당연한 외침이겠으나 다만 상황과 상대가 좋지 않았다. 그녀에겐 소중한 오라비일지 몰라도 풍월에겐 모친을 죽이려 한 살수에 불과했다.

"알면 어쩌려고? 복수라도 하려는 모양이네."

풍월의 표정이 더없이 차가워졌다.

"함부로 나서지 마. 뒈지기 싫으면."

풍월을 중심으로 주변의 분위기가 급격히 냉각됐다.

만삭의 여인을 언급할 때부터 상황이 심상치 않다고 여긴 강와는 행여나 청요가 실수를 할까 봐 재빨리 끼어들었다.

"혹 말씀하신 만삭의 여인이 풍 공자와 연관이 있는 것입니까?"

강와를 힐끔 본 풍월이 군은 표정을 하고 있는 형응을 바라
보며 말을 이었다.

"당시 매혼루의 살수들을 도륙하고 만삭의 여인을 구한 사
람이 바로 화산검선과 철산마도. 그분들께 구함을 받은 산모
의 아이가 바로 나다."

짐작한 말이 흘러나오자 곳곳에서 침음이 흘러나왔다.

"모친의 복수를 하시려는 겁니까?"

형응이 조금은 허탈한 음성으로 물었다.

바로 닷새 전 부친의 복수를 마친 그였다.

풍월이 어떤 심정으로 매혼루를 찾은 것인지 누구보다 잘
이해할 수 있었다.

하지만 풍월의 입에서 흘러나온 말은 모두의 예상을 빗겨
갔다.

"딱히 복수를 하고 싶은 마음은 없다. 어차피 책임을 져야
할 사람은 사라진 것 같으니."

형응은 책임져야 할 사람이 자신의 부친임을 직감했다.

"엄마도 최악이나마 목숨은 건지셨으니까."

"부친께서는……."

강와가 눈치를 보며 입을 열었다.

"어머니의 기억이 틀리지 않았다면 살수들의 위협을 받을
당시엔 같이 안 계셨던 것으로 압니다. 그 또한 확실한 것은

아니지만."

여지를 남긴 풍월이 형웅에게 고개를 돌렸다.

"어쨌든 내가 알고 싶은 것은 의뢰자다. 누가, 대체 어떤 이유로 만삭의 여인을 죽여달라고 청부를 했는지 말이야. 동시에 어머니가 누군지도. 내가 아는 건 고작 하연수라는 어머니의 이름뿐이거든. 어때? 최소한 그 정도는 말을 해줄 수 있겠지?"

형웅의 눈동자가 크게 흔들렸다.

살수의 세계에서 청부를 완수하는 것보다 더욱 중요한 것이 바로 의뢰자의 신분을 보호하는 것이다. 만약 그 원칙이 흔들린다면 살수의 세계에서 절대 살아남을 수 없었다.

그럼에도 '당연히 안 된다'라는 말을 억지로 삼켜야만 했다. 풍월의 차가운 눈빛이, 어느새 객점 전체를 압살하듯 조여오는 그의 살기가 함부로 입을 열지 못하게 만든 것이다. 살수로서의 본능 또한 미친 듯이 경고등을 울렸다.

"왜 대답이 없어? 덕분에 난 내가 어떤 놈인지도 제대로 알지 못해. 아버지의 이름조차도 모른다고. 그런데 설마하니 원칙 운운하며 거절하려는 건 아니겠지? 아니면 너무 오래되어서 기억이 안 난다고 하려나? 행여나 그런 헛소리는 하지 마라. 시장통의 손바닥만 한 좌판도 판매 기록은 남겨. 하물며 무림에서 첫손에 꼽히는 매혼루가 기록이 없어? 개가 웃을 일

이지. 안 그래?"

풍월이 웃으며 물었다. 마치 아니면 아니라고 해보라는 듯
한 표정이다.

형웅은 금방이라도 목이 베어질 것 같은 섬뜩한 느낌을 받
았다.

"형님도 알다시피 매혼루는 십 년 전 혈우 노물의 공격을
받은 적이 있습니다. 그때 본루의 건물 모두가 잿더미로 변해
버렸지만……."

풍월의 미간이 굳어지는 것을 확인한 형웅이 자신도 모르
게 의자를 조금 빼며 말을 이었다.

"그럼에도 불구하고 잘 챙겨왔습니다. 그러니까 간신히 살
아난 환자를 그런 매서운 눈빛으로 보지는 마시고요. 뭐, 원
칙이란 게 중요하긴 하지만 가끔은 어겨야 제 맛이죠. 걱정하
지 마세요. 확인해서 알려드리겠습니다."

형웅의 말이 끝나기가 무섭게 주변에서 반대의 외침이 터져
나왔다.

"루주님!"

"절대 안 됩니다."

"본 루가 협… 박에 굴복해서 의뢰자의 신분을 노출했다는
것이 알려지면 세상의 웃음거리가 될 겁니다."

염쾌가 혹시 모를 풍월의 공격을 대비해 형웅의 앞을 막아

서며 말했다.

"세상에 알려져? 왜?"

"예?"

염쾌가 무슨 헛소리를 하느냐는 듯한 표정을 지었다.

"여기 있는 우리만 입을 다물면 세상에 알려질 이유가 없잖아."

형웅의 치기 어린 말에 염쾌가 한숨을 내쉬며 말했다.

"세상 사람들은 바보가 아닙니다."

"나도 바보가 아니라고. 어쩔 수 없는 상황이란 것이 있잖아. 그리고 지금이 바로 그때고."

염쾌가 뭐라 반박을 하려 하자 형웅이 매서운 눈으로 그의 입을 틀어막았다.

"매혼루가 혈우야괴와 귀살곡의 공격을 받았어. 그 와중에 과거의 기록 정도는 유출될 수 있는 거 아냐? 그걸 훔쳐간 사람이 형님이라면 어느 정도 납득은 될 것 같은데."

형웅의 좌우를 돌아보며 묻자 지금껏 생각에 잠겼던 강와가 입을 열었다.

"풍 공자가 귀살곡주를 날려 버린 것을 본 자들이 있으니 풍 공자가 아니라 묵영단에서 움직인 것으로 하는 것이 낫겠습니다."

강와의 시선이 풍월이 모친 이야기를 꺼내는 순간부터 어

둔 표정을 짓고 있던 은혼에게 향했다.

"풍 공자의 부탁으로 묵영단에서 훔쳐간 것으로 하면 어떻겠습니까? 우리가 귀살곡과 혈우야괴를 상대하는 틈을 타서 말이지요."

"그거 좋네. 이게 최선인 것 같은데. 어때요, 형님?"

형웅이 반색을 하며 물었다.

"훔치든, 빼앗든 상관은 없다. 나는 어머니를 죽여달라고 말한 의뢰자만 알면 되는 것이니까."

"형님, 우리의 입장도 생각을 해줘야지요."

형웅이 읍소를 하자 풍월이 쓴웃음을 지었다.

"흠, 내가 왜 그래야 하는지는 모르겠지만 어쨌든 알았다. 부탁합니다, 은 형."

"알겠습니다. 어려울 일도 아니니까요. 다만 문제는……."

은혼은 곤혹스러운 표정으로 말을 잇지 못했다.

애당초 그의 목적은 풍월을 패천마궁으로 데려가는 것이다.

며칠 전, 매혼루와의 일이 모두 해결되면서 풍월이 곧 패천마궁으로 향할 가능성이 높다는 보고서까지 올렸다. 한데 과거의 사연이 밝혀지면서 상황이 제대로 꼬이기 시작했다.

며칠 함께 지내지도 않은 사형의 문제 때문에도 이 난리를 피웠는데 하물며 모친의 문제다. 일이 얼마나 커질지 가늠조

차 되지 않았다.

풍월은 은혼이 어째서 그런 표정을 짓고 있는지 모르지 않았다.

"위의 명령이 걸리는 모양이군요. 걱정하지 마세요. 제가 분명히 방문한다고 몇 번이나 말씀드렸습니다."

"그렇긴 합니다만… 아닙니다. 그렇게 하도록 하지요. 청부일지라고 해야 하나요? 아무튼 그거 우리가 확실하게 빼돌렸습니다."

은혼의 빠른 결단에 상황은 쉽게 정리가 되었다.

정확히 반나절 후, 형응의 명에 의해 당시의 의뢰가 기록된 청부일지가 객점에 도착했다.

풍월은 형응과 강와와 함께 자리를 옮겼다.

은혼이 현 상황에서 가장 든든한 우군이라 할 수 있었지만 아무래도 최초로 의뢰자의 신분을 밝혀야 하는 매혼루의 입장을 고려한 측면도 있었고, 무엇보다 개인적인 일이었기에 그를 배제할 수밖에 없었다.

"보시렵니까?"

형응이 색이 바랜 책자를 내보이며 물었다.

"일단 설명부터 해봐. 저건 나중에 확인하지."

형응의 시선에 강와가 입을 열었다.

"정체를 드러내고 싶지 않았는지 청부는 여러 단계를 통해

들어왔습니다. 다른 곳에선 가격만 맞는다면 어지간한 일에
는 의뢰자가 누군지에 대해선 집착하지 않습니다. 하지만 본
루는 다릅니다. 아무리 사소한 청부라도 의뢰자의 확실한 신
분을 확인하죠. 해서 본 루의 전통에 따라 역추적이 들어갔
고 정확한 신분을 확인했습니다."

"어딥니까?"

풍월이 물었다. 강와가 잠시 숨을 고르며 형웅을 응시했다.
형웅이 고개를 끄덕이자 강와가 조심히 입을 뗐다.

"대화상회라는 곳입니다. 정확히는 당시 총관이었던 노군영
이란 자가 의뢰를 했습니다."

"대화상회요?"

풍월이 눈살을 찌푸리며 되물었다.

"예, 장사를 중심으로 번성한 상회인데 중원에서도 손꼽히
는 거대 상회입니다."

"그런 곳에서 어찌 어머니를!"

풍월이 주먹을 꽉 움켜쥐며 흥분하다 겨우 마음을 가라앉
혔다.

"어머님이 어떤 분인지도 당연히 알겠지요?"

"예, 제거될 목표물은… 죄송합니다. 아무튼 의뢰인보다 먼
저 조사가 되니까요."

"어떤 분입니까?"

풍월이 긴장감을 감추지 못하고 물었다.

"제가 말씀드리는 것보다는 당시 적힌 기록을 보시는 것이 낫겠습니다."

강와가 청부일지를 펼쳐 건넸다.

머뭇거리는 손길로 일지를 받아 든 풍월이 심호흡을 하며 일지에 적힌 내용을 읽기 시작했다.

이름: 하연수

나이: 이십삼 세

출신: 항주 추룡무관 관주 하성곤의 둘째 딸.

현 서문세가 방계 서문초의 부인.

특이사항: 만삭의 산모

의뢰자: 대화상회 총관 노군영

풍월은 태어나 처음으로 알게 된 모친의 출신과 부친의 이름을 몇 번이나 곱씹었다. 겨우 이름을 확인한 것만으로도 가슴에 울림이 일었다.

"청부의 이유는 알 수 없는 것이겠지요?"

"예, 저희도 거기까지는 확인하지 않습니다. 다만……."

"다만?"

풍월이 눈빛을 빛내며 되물었다.

"어머니께서 서문세가와 연관이 있다는 것이 조금 걸리는군요. 사실 서문세가와 대화상회는 상당히 밀접한 관계입니다. 서문세가의 힘이 지금처럼 급격히 성장한 데에는 대화상회의 자금력이 뒷받침되었다는 것은 익히 알려진 사실이니까요."

"그런 대화상회에서 어머니를 죽여달라 청부했다는 말이군요. 다른 곳도 아니고 서문세가의 며느리를."

"그렇습니다."

"결국 세가 내 세력 싸움에 희생되었을 가능성이 크다는 말이네요. 가령 후계자 문제라던가……."

"거기까지는 확인하지 못했습니다."

풍월의 확신에 찬 말에 강와는 고개를 저었다.

'뭔가 착각을 하고 있는 것 같군.'

풍월이 무슨 생각을 하는지는 몰라도 서문세가는 손이 귀한 집이 아니다. 직계 후손만 해도 십수 명이 넘고 방계까지 아우르면 그 수는 헤아리기조차 버겁다.

풍월 말대로 그들의 후계 구도에 엮여서 희생되었을 가능성은 있으나 사실 방계인 그의 부친이나 모친이 직접적으로 후계 문제에 끼어들 가능성은 희박했다.

하지만 강와는 자신의 생각을 그대로 밝히진 않았다.

"그건 내가 확인해 보면 알겠지요. 아무튼 고맙다."

풍월이 형응에게 감사의 뜻을 표했다.

"뭘요. 원수를 갚는 데 형님의 도움을 제대로 받았잖아요. 그나마 과거의 악연이 이 정도여서 다행이었네요."

형응이 환히 웃었다. 풍월과의 관계가 최악의 상황으로 치닫지 않은 것을 진심으로 다행이라 여기는 듯했다.

"그러게."

형응의 마음을 느낀 풍월 역시 미소를 지으며 고개를 끄덕였다.

"한 가지 더 말씀드릴 것이 있습니다."

풍월이 고개를 돌리자 강와가 조금은 곤혹스러운 표정으로 입을 열었다.

"기록에 의하면 처음 모친에 대한 의뢰를 받고 움직인 살수는 일급살수였습니다. 의뢰비가 상당했기에 그나마 일급살수였지 사실 이급살수만 움직여도 실패할 이유는 없었습니다."

"어째서요? 그래도 서문세가의 울타리가 있을 텐데요."

"모친께서 검선과 마도 선배를 만난 곳이 어딘지 생각해 보십시오."

"아!"

풍월의 입에서 탄식이 터져 나왔다.

"무슨 이유인지 모르겠으나 모친께선 서문세가를 나오셨습니다. 항주로 향하신 것을 감안했을 때 친정에서 산후조리를

하기 위함이 아닐까 추측됩니다만, 서문세가가 위치한 악양과 항주와의 거리를 생각해 보면 솔직히 의문입니다."

"어떤 위협을 느끼셨을 수도 있겠지요."

풍월의 표정이 딱딱하게 굳었다.

"어쩌면요. 아무튼 일급살수가 의뢰를 위해 움직였지만 생각외의 변수로 인해 실패했습니다."

"변수요?"

"예, 호접림(胡蝶林)이라고 본 루와 경쟁할 정도는 아니나 이쪽에서는 제법 유명합니다. 그 호접림의 살수 몇이 은밀히 모친을 호위하고 있었습니다. 특급살수가 투입된 이유가 바로 그 때문입니다. 결국 특급살수마저 항주에서 당하고 말았지만요."

강와는 특급살수 청인을 비롯해 당시 투입된 살수들이 누구에게 전멸을 당한 것인지 제대로 확인도 하지 못하고 호접림과 대립각을 세웠던 것을 떠올리며 쓴웃음을 짓고 말았다.

"흠, 그런 일이 있었군요."

호접림이란 이름을 잠시 읊조리던 풍월은 강와에게 몇 가지 질문을 더 한 후에야 형웅에게 고개를 돌렸다.

"이전부터 생각해 봤는데 궁금한 게 있다."

"뭔데요?"

"나한테 왜 그렇게 친근하게 구는 거냐? 여차하면 칼을 휘

두를지도 모르는 상대한테."

"아, 그거요? 형님이 나랑 비슷하다고 느껴져서요."

"내가? 너하고?"

풍월이 황당하다는 얼굴로 되물었다.

"내가 형님 이야기를 처음 들은 게 황산진가의 일이 틀어졌을 때죠, 아마. 나이도 많지 않은 쟁자수가 일급살수들을 작살냈다는 말을 듣고 얼마나 황당하던지. 그런데 이상하게 화가 나진 않았어요. 그냥 뭔가 특별하다. 나만큼이나 잘났구나. 뭐, 이랬죠. 어라, 왜 그런 눈으로 보실까요? 여러 가지 조건이 잘 맞아떨어졌지만 그래도 이 나이에 혈우야괴를 잡는게 쉬운 일은 아니잖아요."

"그건 그렇다."

풍월이 입맛을 다시며 고개를 끄덕였다. 인정하고픈 마음은 없었으나 인정하지 않을 수 없었다.

"그러다가 형님이 화산에서 깽판을 쳤다는 말을 듣고 확신했죠. 아, 이 인간. 나하고 동류다."

"동… 류라니?"

풍월이 불안한 눈빛으로 물었다.

"그렇잖아요. 명색이 화산검선의 후계자가 화산에서, 그것도 화산검회에서 깽판을 친다는 게 보통 정신으로 가능한 일인가요? 그런 실력을 지녔으면서도 반년 넘게 쟁자수 일을 한

것도 그렇고. 나만큼이나 미치지 않고선 그런 짓 못 하지. 아,
미쳤다고 하긴 좀 그렇고 제정신이 아니… 이것도 아니고. 음,
약간 특이한 정신세계를 지녔다고 하죠. 흔히들 또라이라고
하는."

"네가 또라이라는 건 확실해 보이지만 난 아니다. 생사람
잡지 마라."

풍월이 정색을 하자 형응이 의뭉스러운 미소를 지으며 고
개를 저었다.

"아니요, 틀림없어요. 형님은 아니라고 부인하지만 확실해
요. 또라이 눈에는 또라이가 보이는 법입니다. 형님에겐 저와
같은 피가 흐르고 있어요."

풍월의 표정이 점점 일그러졌다. 형응과 말을 섞을수록 맛
이 가는 듯한 느낌이었다.

"말도 안 되는 소리는 하지도 마라."

형응의 말을 강하게 부인한 풍월은 청부일지에 적힌 내용
을 다시 한번 숙지한 뒤 벌떡 일어났다.

"여기까지 하자. 솔직히 마음이 조금 급하다."

"아쉽지만 할 수 없죠. 우리도 이것저것 정리할 게 있네요.
이참에 귀살곡도 확실히 정리해야 하고 욕심 많은 관부 놈들
에게 약도 더 쳐야 하니까."

"관부?"

"사형수들 빼돌려 준 놈들이요. 돈을 더 달라네요. 윗선에서 눈치를 챘다나 뭐라나. 개새끼들! 눈치는 무슨. 적당히 노예로 부릴 줄 알았는데 갈대 밭에서 미끼로 사용한 일을 확인하곤 지랄하는 거지. 강와."

형웅이 한껏 짜증난 표정으로 강와를 불렀다.

"예, 루주님."

"적당히 집어줘. 욕심을 더 부리면 그냥 목을 따버리고."

"알겠습니다."

사람 목숨을 물건처럼 가벼이 여기는 형웅의 태도에 미간을 찌푸린 풍월이 한숨을 내쉬며 말했다.

"적당히 해라, 적당히. 살인귀가 되고 싶은 거냐?"

"에이, 형님도 참. 살인귀는 이미 되어버렸지요."

형웅이 히죽거렸다.

"뭐?"

"아비의 죽음을 눈앞에서 본 일곱 살 꼬맹이가 복수를 위해 무슨 짓을 했을 것 같은데요. 더구나 매혼루의 주인이라고요, 제가. 밖에 있는 영감들이 얼마나 지독한 인간들인데. 본루가 뭘 하는 곳인지 잘 알잖아요."

"……"

상상도 못 했던 말에 풍월의 눈동자가 크게 흔들렸다.

장난처럼 말을 던지는 형웅에게서 말로 표현할 수 없는 슬

품을 느꼈기 때문이었다.

"그래, 사람마다 사정이 있는 법이겠지. 미안하다. 방금 말은 못 들은 것으로 해라."

사과를 한 풍월이 문밖으로 나가려다 멈칫하더니 슬쩍 고개를 돌려 말했다.

"인연이 되면 또 보자, 동생."

말이 끝나기도 전에 부리나케 사라지는 풍월을 보며 형웅의 입가에 더없이 환한 미소가 지어졌다.

*　　　*　　　*

"가죠."

풍월이 자리를 박차고 일어섰다.

그가 결정을 내릴 때까지 거의 반나절이나 침묵과 함께 기다려 준 은혼이 조심히 물었다.

"결정한 겁니까?"

"예."

"어디로 가십니까?"

"항주로 가렵니다."

"항… 주요?"

"예, 마음 같아선 혼자 움직이고 싶은데 어떻습니까? 앞으

로 얼마나 많은 시간이 걸릴지 모릅니다. 자칫 곤란한 일이 벌어질 수도 있고요."

풍월은 대화상회, 어쩌면 서문세가와도 충돌이 있을 수 있었기에 은혼의 입장을 생각하지 않을 수 없었다. 자신의 일에 은혼이 엮이게 되면 상황이 생각 외로 복잡하게 흘러갈 수 있기 때문이었다.

잠시 눈동자를 굴리던 은혼이 입술을 질끈 깨물더니 고개를 저었다.

"저도 갑니다. 아니, 갈 수밖에 없습니다. 제게 내려진 명령은 풍 공자님을 패천마궁으로 모시는 거니까요. 명령을 수행하기 전엔 돌아갈 수가 없습니다."

"뭐, 그럴 줄 알았습니다."

풍월이 피식 웃었다. 은혼과 함께 지낸 몇 달 동안 그가 얼마나 끈기가 있고, 책임감이 있으며 특히 임무에 목숨을 걸고 있는지 알고 있었다.

그간의 정리 때문이라도 억지로 떼어놓을 수도 없었다.

"그런데 어째서 항주부터인지 여쭤도 되겠습니까?"

은혼이 몹시 조심스러운 태도로 물었다.

매혼루와 풍월이 어떻게 얽혔는지 알고 있기에 갑작스러운 항주행에 대해서도 어느 정도는 짐작을 하고 있는 것 같았다.

극도로 조심하는 은혼과는 달리 풍월은 그다지 대수롭지

않다는 듯 대답했다.

"제 외가가 그곳에 있다는군요."

"아! 그렇군요. 하면 어머님이 어떤 분인지 확인을 하신 겁니까?"

은혼이 반색을 하며 물었다.

"어느 정도는요. 사실 항주를 먼저 다녀오려는 건 앞으로 피를 볼 일이 많을 것 같아서 그렇습니다. 피를 보기 전에 그냥 기쁜 마음으로 다녀오려고요. 적당히 알아볼 것도 있고. 그런 의미에서 은 형께 몇 가지 부탁을 해도 될까요?"

"물론입니다. 말씀하세요."

세차게 고개를 끄덕이는 은혼의 눈동자가 부담이 될 정도로 초롱초롱 빛났다.

"지금 당장은 아니고요. 항주에 다녀와서요."

항주에 다녀온 후라는 것은 아마도 복수의 칼을 뽑을 때 도움을 달라는 의미일 터였다. 은혼이 힘차게 고개를 끄덕였다.

"언제든 말씀만 하십시오."

제24장

추룡무관(追龍武館)

　풍월은 정확히 보름 만에 항주 외곽에 도착했다.

　지척에 반년 넘게 지냈던 화영표국과 뭍에서 처음 사귄 홍추가 열심히 일하고 있을 화영상단이 있었지만, 그의 발걸음을 멈추게 하지는 못했다.

　"추룡… 무관."

　풍월은 멀리 보이는 낡은 편액을 바라보며 잠시 말을 잊었다.

　멍하니 서 있는 시간이 길어지자 지켜보던 은혼이 조심히 입을 열었다.

"그냥 보고만 계실 겁니까?"

"아니요. 가봐야지요. 하하! 그런데 이거 걸음이 잘 떨어지지 않네요."

어색한 웃음을 흘리는 풍월의 눈썹과 입술이 살짝 떨리고 있었다.

'그저 괴물처럼만 보였는데 핏줄 앞에선 풍 공자도 어쩔 수 없는 모양이군.'

지금껏 그와 같은 모습을 본 적이 없던 은혼의 입가에 엷은 미소가 흘렀다.

"후아!"

크게 심호흡을 한 풍월이 마침내 발걸음을 내디뎠다.

언제 머뭇거렸냐는 듯 성큼성큼 걸음을 옮겨 정문에 도착했다.

추룡무관이 항주에 자리 잡은 지 벌써 백여 년, 편액과 정문엔 세월의 흔적이 고스란히 남아 있었다.

감격 어린 눈길로 정문을 살피던 풍월이 눈살을 찌푸렸다.

낡은 정문은 이곳저곳에 파손된 흔적이 보였다. 한데 단순히 세월의 흐름 때문이 아니라 어딘지 모르게 인위적으로 만들어진, 그것도 최근에 생긴 것 같았기 때문이다.

애써 나쁜 생각을 떨쳐내며 정문을 향해 손을 뻗을 때였다. 안쪽에서 인기척이 느껴졌다.

화급히 손을 빼는 풍월을 보고 은혼은 소리 죽여 웃었다.

끼이익!

거친 소음과 함께 정문이 활짝 열리고 안쪽에서 우르르 사람들이 쏟아져 나왔다.

대략 열 명 남짓 되는 인원.

하나같이 건장한 체구에 손이며 허리춤에 무기를 매달고 있었는데 언뜻 보기에도 인상이 다들 별로였다.

풍월은 그들이 추룡무관의 문하생이 아니길 빌었다. 만약 자신의 예상이 틀리다면 괜히 슬플 것 같았다.

풍월이 사내들 중 하나와 어깨가 부딪쳤다. 정확히 말하자면 비켜서는 풍월에게 다가와 어깨를 일부러 부딪친 것이다.

"넌, 뭐야?"

얼굴 곳곳에 상처가 가득한 사내가 인상을 확 구기며 소리쳤다.

목소리는 생각보다 앳됐다. 하지만 전체적으로 노안인 데다가 정수리 부근에 몇 가닥 남지 않은 머리카락을 제외하곤 눈이 부실 정도로 머리가 벗겨진 터라 나이를 가늠키 힘들 정도로 폭삭 늙어 보이는 사내였다.

우르르 몰려가던 사내들이 이내 몸을 돌리며 관심을 보였다.

"뭔데?"

"무슨 일이야?"

풍월과 은혼은 이내 사내들에게 둘러싸였다.

"추룡무관 놈이냐?"

대머리 사내, 육광이 물었다. 풍월이 입을 열기도 전에 옆에서 대답이 흘러나왔다.

"영감아, 추룡무관에 이런 놈은 없다."

"쌍놈의 새끼가! 영감이라 부르지 말랬지."

육광이 불같이 화를 냈다. 어깨를 나란히 하고 있던 문효가 옆구리를 툭 치며 달랬다.

"흐흐흐! 하루 이틀도 아닌데 뭘 그리 화를 내냐."

"시팔! 나보다 나이도 많은 놈이 그러니까 그러지."

육광은 옆으로 째진 눈을 치켜뜨며 금방이라도 달려들 기세였다.

"자자, 진정하고. 야, 근데 확실한 거냐?"

문효가 고개를 돌려 물었다.

"틀림없다니까. 스물도 되지 않는 관원도 모르고 작업을 할까 봐."

육광을 놀리고 도망쳤던 사내가 멀찌감치 서서 말했다.

"그래? 아니라면 무술을 배우려고 온 놈인가 보네."

문효가 비릿한 미소를 보이며 풍월에게 말했다.

"야, 무술을 배우고 싶으면 우리 쪽으로 와라. 여긴 말만 추

룡이지 토룡보다 못한 곳이다."

"아무렴. 이곳에서 배워봐야 병신 소리밖에 못 듣지."

어느새 화를 가라앉힌 육광이 맞장구를 쳤다.

"쓸데없이 돈 낭비하지 말고 우리한테 와. 원하는 만큼 강하게 단련시켜 줄 테니까."

사내들은 풍월이 원하지 않더라도 끌고 갈 기세였다.

어이없는 표정으로 잠시 지켜만 보던 풍월의 눈빛이 싸늘하게 굳어갈 때였다.

"정말 이러기요? 얘기는 분명 끝났지 않았소?"

정문 안쪽에서 중년의 사내가 노한 눈길로 걸어왔다.

추룡무관의 관주 하일군. 그의 뒤로 제자로 보이는 이들이 호위하듯 달려왔다.

하일군은 흥분한 제자들이 혹시라도 실수를 할까 봐 더 이상 다가오지 말라는 손짓을 보냈다.

"에헤, 왜 이러실까? 확실하게 끝난 건 아니지. 그저 당신의 일방적인 의견을 들었을 뿐인데."

"분명 거절한다고 했소."

"거절하는 건 당신의 자유고 거절하지 못하게 만드는 건 우리의 자유지."

육광이 히죽거리며 도발했지만 하일군은 쉽게 동요하지 않았다.

"마음대로 해보시오. 당신들이 원하는 대로 되지는 않을 테니까. 그리고 저 젊은 친구는 우리와 무관한 사람이니 괴롭히지 마시오."

"말 잘했네. 무관하니까 당신은 끼어들지 말라고. 이 친구는 우리와 상담 중이니까. 안 그래?"

육광이 풍월의 어깨에 손을 걸치며 물었다. 그런 육광의 행동에 은혼의 몸이 움찔했다.

'쯧쯧, 죽으려면 뭔 짓을 못 할까?'

은혼은 범의 아가리에 머리를 집어넣고도 히히덕거리는 육광을 보며 동정의 눈길을 보냈다.

한데 풍월의 반응이 묘했다.

지금까지 보아온 성격이라면 이미 바닥을 기고 있어야 할 상대가 멀쩡한 것이 아닌가. 한데 아무런 움직임이 없었다. 석상마냥 우두커니 서서 정면만 바라보았다.

풍월의 시선은 추룡무관의 관주 하일군에게 고정되어 있었다.

마치 갓 태어난 새끼가 어미를 보는 듯 아련한, 거기에 온갖 감정이 깃든 눈빛을 보며 울컥한 감정이 치민 은혼은 자신도 모르게 고개를 돌리고 말았다.

"저치들은 신경 쓰지 말고 우린 하던 얘기나 마저 할까? 아예 장소를 옮기자. 이런 거지 소굴 같은 데 있으려니까 영 그

렇네. 어이, 관주. 조만간 다시 보자고. 참, 여긴 다 마음에 들지 않는데 어린 딸년은 마음에 들더라고. 제법 예쁜 것이 먹음… 악!"

날카로운 비명과 함께 마음껏 빈정거리던 육광의 고개가 확 꺾였다.

정수리에 몇 남지 않은 머리카락을 움켜쥔 풍월이 고통으로 일그러진 육광에게 얼굴을 들이댔다.

"너 몇 살이냐? 목소리만 들어선 분명히 어린놈인데 얼굴이 이따위니 아무리 봐도 모르겠다."

"너, 이 새끼! 네가 이러고도… 으악!"

욕설을 내뱉던 육광이 비명을 내질렀다.

풍월이 그의 왼쪽 발목을 짓밟아 그대로 부러뜨린 것이다.

"몇 살이냐고?"

풍월이 다시 물었다.

고통에 신음 중인 육광의 대답이 늦어지자 이번엔 한쪽 팔을 꺾어버렸다.

"끄아아아악!"

육광이 내지르는 비명이 주변을 뒤흔들었다.

멍하니 지켜보던 육광의 동료들은 그제야 무기를 꺼내 들고 날뛰기 시작했다.

"너, 이 새끼 뭐야!"

"죽여!"

홍분해서 달려드는 사내들을 향해 은혼이 움직였다.

가장 먼저 달려들던 자의 다리를 걸어차 넘어뜨린 후, 뒤꿈치로 머리를 찍어버렸다. 그는 외마디 비명도 지르지 못하고 기절을 해버렸다.

눈 깜짝할 사이에 동료가 당하자 기세 좋게 달려들던 사내들의 움직임이 일시에 멎었다.

"움직이지 마라."

은혼이 엉거주춤 서 있는 사내들을 지그시 노려보며 말했다. 전신에서 뿜어져 나오는 매서운 살기에 다들 몸이 얼어붙었다.

옆에서 난리가 나거나 말거나 풍월은 고개조차 돌리지 않고 하던 일을 이어갔다.

"이번에도 대답이 없으면 모가지를 비틀어 버린다."

고저가 느껴지지 않는 무심한 음성에 육광의 낯빛이 하얗게 질렸다.

"몇 살이냐?"

"스, 스물다섯입니다."

육광이 황급히 대답했다.

"진… 짜냐?"

풍월이 어이가 없다는 얼굴로 물었다. 솔직히 어릴 것이라

예상은 했지만 이건 어려도 너무 어리지 않은가.

"예."

육광이 잔뜩 겁먹은 눈으로 말했다.

"나이도 어린놈이 어른께 말버릇이 그게 뭐냐? 친구냐?"

풍월이 그의 뒤통수를 후려치기 시작했다.

"말하는 싸가지도 영 아니고, 태도도 지랄이고, 그리고 뭐? 딸이 어째?"

한마디 한마디가 끝날 때마다 육광의 뒤통수에 불이 났다.

맞을 때마다 눈알이 튀어나올 것 같은 고통에 시달리면서도 육광은 끽 소리도 내지 못했다. 최소한 팔다리가 부러지는 고통보다는 참을 만했으니까.

"잘못했지?"

"예."

"그럼 사과드려. 아주 정중하게."

"예?"

육광의 반문에 풍월이 곧바로 뒤통수를 후려쳤다. 이전보다 강도가 셌는지 몸이 크게 휘청거렸다.

"사과드리라고."

"죄송합니다, 죄송합니다."

육광의 허리가 반으로 접혔다.

"병신아, 나 말고 저분께."

풍월이 자신에게 허리를 굽히는 육광의 뒤통수를 재차 후려치며 속삭이듯 말했다.

"제대로 해. 용서받지 못하면 팔다리로 안 끝나. 그냥 평생 병신처럼 살게 될 거다."

풍월의 협박에 넋이 나간 육광은 그대로 무릎을 꿇었다. 그러고는 예상치 못한 상황에 당황하고 있던 하일군을 향해 머리를 조아렸다.

"요, 용서해 주십시오."

하일군이 뭐라 말을 못 하자 육광이 미친 듯이 바닥에 머리를 찧었다.

"이 미련한 놈이 죽을죄를 졌습니다. 제발! 제발, 용서해 주십시오, 관주님."

꽝! 꽝! 꽝!

순식간에 이마가 터져 나가 바닥이 피로 물들었다. 상황이 이리 되자 오히려 하일군이 당황을 했다.

"아, 알았으니까 그만하시오."

말로는 부족하다고 여긴 하일군이 황급히 육광의 팔을 잡아 부축했다.

"감사합니다. 감사합니다, 관주님."

육광이 눈물과 콧물, 핏물로 얼룩진 얼굴로 거듭 머리를 조아렸다.

"사과 다 했으면 이만 꺼져. 주변 더럽히지 말고."

풍월이 대답도 듣기 싫다는 듯 육광의 몸을 걷어차자 육중한 몸이 거의 삼 장을 날아가 바닥에 처박혔다. 크게 힘을 싣지 않아서 그런지 큰 부상을 당한 것 같지는 않았다.

"뭐 해? 저놈 데리고 당장 꺼져."

은혼이 차갑게 소리쳤다.

은혼의 기세에 짓눌려 있던 그의 동료들이 꿈틀대는 육광의 몸을 들쳐 업고 줄행랑을 쳤다.

육광 일행이 사라졌음에도 추룡무관 정문에 감도는 긴장감은 쉽게 사라지지 않았다.

도움을 받기는 하였으나 육광을 다룰 때 보여준 풍월의 잔인한 손속은 두려움을 심어주기에 충분했다. 게다가 존재감만으로 나머지 일당을 꼼짝 못하도록 만든 은혼도 마찬가지였다.

풍월과 은혼이 어떤 이유로 추룡무관을 찾은 것인지 알 수 없었기에 하일군과 추룡무관 제자들은 경계 가득한 눈길로 두 사람을 바라보았다.

"이거 저놈들이 그런 건가요?"

풍월이 뜯겨져 나간 정문을 가리키며 물었다.

"그, 그렇소이다."

하일군이 얼떨결에 고개를 끄덕였다.

"흠, 이럴 줄 알았으면 그냥 보내는 게 아닌데."

풍월이 사내들이 도망친 곳을 힐끗 바라보며 말했다.

방금 전, 육광이 어떻게 당했는지 코앞에서 본 하일군은 그냥 보냈다는 풍월의 말에 흠칫 몸을 떨었다.

마치 늑대를 피했더니 호랑이가 찾아온 것 같은 느낌이 들었다. 그나마 다행이라면 표정이나 말투에서 호의적인 감정을 느낄 수 있다는 것이다. 게다가 어딘지 모르게 익숙한 얼굴이다. 누군가를 닮았다는 생각도 들었다. 그게 누군지는 떠오르지 않았지만.

"저들 말대로라면 이곳을 찾아왔다가 낭패를, 아니, 귀찮은 일을 당한 것 같은데, 맞소?"

"예, 추룡무관을 찾아왔습니다."

"이곳에서 무술을 배우러 온 사람은 아닌 것 같고… 무슨 일로 찾아온 것인지 물어도 되겠소?"

조심스레 묻는 하일군의 목소리가 살짝 떨렸다.

그런 하일군을 보며 풍월이 씨익 웃었다.

"누가 그러더라고요. 이곳이 제 외갓집이라고요."

*　　　　*　　　　*

"형님! 형님!"

거친 발소리, 다급한 외침과 함께 문이 벌컥 열렸다.

"형… 아, 미안."

열렸던 문이 번개처럼 닫혔다. 하지만 흥은 이미 깨졌다.

정상을 향해 거칠게 질주하던 야생마가 힘없이 고꾸라지는 것을 느끼며 독심회의 우두머리 광견이 벌떡 일어났다.

"아, 시팔! 하필이면 이 순간에."

다리 사이로 축 늘어진 물건을 가릴 생각도 없이 신경질적으로 물을 들이켠 광견이 비스듬히 누운 채 얇은 이불을 가슴까지 끌어 올리고 있는 여인을 보며 소리쳤다.

"뭘 봐? 어서 꺼져."

광견의 외침에 여인은 옷가지를 챙겨 들고 황급히 침상을 나섰다.

그녀가 나가자마자 광견의 흥을 제대로 깨뜨린 사내, 독심회 부회주 사도착이 머쓱한 표정으로 들어섰다.

나이는 대략 서른 중반 정도.

남들보다 머리 하나는 더 큰 키에 덩치도 두 배는 되어 보였다. 단순히 살이 찐 것이 아니라 몸 전체가 우락부락한 근육으로 뒤덮인 것이 마치 한 마리의 짐승을 보는 것 같았다.

"흐흐흐! 미안하오, 형님."

"개새끼! 하필이면 그때 들어오고 지랄이야. 오랜만에 괜찮은 계집을 만나 제대로 달리고 있었는데."

광견의 말에 사도착이 문밖으로 시선을 던지며 웃었다.

"그러게. 확실히 반반한 얼굴을 지녔더만. 몸매도 아주 야리야리한 것이 안는 맛도 있을 것 같고. 어디서 저런 물건을 건진 거요?"

"홍루에 팔려온 계집이다. 아비라는 놈이 노름빚 갚자고 팔았다던가. 어젯밤에 술 한잔 먹으러 갔다가 날름 채서 왔지."

광견이 큰 싸움에서 승리라도 거둔 양 의기양양한 표정을 지었다.

"뭐요? 어젯밤에 술을 마시러 갔단 말이오? 젠장, 누군 발에 땀나도록 뛰고 있었는데."

"그래, 그래. 앞으로도 더 열심히 해. 꿀은 이 형님이 따 먹을 테니까. 크크크!"

웃을 때마다 축 늘어진 물건이 볼썽사납게 흔들렸다.

"쌍! 옷이라도 좀 입고 웃으쇼. 계집 몸도 아니고 징그러 죽겠네. 카악, 퉤!"

사도착이 못 볼 걸 봤다는 얼굴로 오만상을 찌푸리며 타구 통에 누런 가래를 뱉었다.

"시끄럽고. 뭣 때문에 이 형님의 흥을 깬 거냐?"

"아참! 큰일 났소, 형님."

사도착이 타구 통을 집어 던지며 소리쳤다.

"뭔 일이기에 그리 호들갑이야?"

주섬주섬 옷을 걸치던 광견이 고개를 돌렸다.

"방금 추룡무관에 갔던 애들이 왕창 깨져서 돌아왔소."

"추룡무관에 갔던 놈들이? 확실한 거냐?"

"애들을 이끌고 간 육광은 아예 팔다리가 부러져 병신이 되어서 돌아왔소."

"그래? 흐흐흐! 잘됐네. 하일군 그자가 드디어 일을 저질렀어."

만족한 얼굴로 괴소를 터뜨리는 광견과는 달리 사도착은 표정이 별로 좋지 못했다.

"그런데 뭐가 문제야? 표정은 왜 그 모양이고. 하일군이 일을 저질렀으니까 이제 남은 건 추룡무관 놈들이 지닌 것을 꿀꺽 하는 일만 남았잖아."

"하일군이 저질렀다면 내가 이 난리를 피겠소? 하일군이 아니라 엉뚱한 놈한테 당했다고 하니 그런 거지."

순간, 미소가 감돌던 광견의 표정이 돌변했다.

"엉… 뚱한 놈이라니?"

"나도 모르겠소. 추룡무관을 휘젓고 나오는데 정체 모를 놈들과 부딪쳤답니다. 그리고 그 지경이 된 거고."

"병신 새끼들! 지랄들 한다!"

눈이 홱 돌아간 광견이 침상 옆에 놓인 탁자를 걷어찼다. 탁자는 물론이고 그 위에 놓여 있던 주전자와 찻잔이 산산조각이 나며 흩어졌다.

"어떤 놈이야?"

광견이 씩씩거리며 물었다.

"그건 잘 모르겠는데 아무래도 추룡무관하고 관계가 있는 것 같소. 그자들이 추룡무관으로 들어갔다고 하니까."

"애들이 그래?"

"예."

"오호라. 대충 감이 오네. 하일군, 이 작자가 혼자 감당 못할 것 같으니까 원군을 불렀고만."

광견이 가소롭다는 얼굴로 비웃더니 벽에 걸려 있는 무기를 잡아챘다.

"애들 모아."

"지금 갈 거요?"

"그럼 내년에 가냐?"

"까칠하기는. 알았소. 잠시 기다리쇼."

덩치에 어울리지 않게 빠른 몸놀림으로 방문을 나서던 사도착이 고개를 돌렸다.

"그런데 그분들께 보고는 해야 하는 거 아뇨? 애들 말로는 그놈들 실력이 보통이 아니라던데."

"됐어. 도움도 한두 번이지. 지난번에 박살 낸 은성무관과 해룡보야 솔직히 감당하기가 힘들었지만 추룡무관 정도도 해결 못 하면 우릴 병신으로 취급할 거다. 부족한 실력은 쪽수

로 밀면 돼."

잠시 고민을 하던 사도착이 힘차게 고개를 끄덕였다.

"알았소. 한번 해봅시다."

사도착이 수하들을 부르러 떠나자 홀로 남은 광견도 방문을 나섰다. 그런데 그의 발걸음은 사도착이 움직인 방향과는 전혀 달랐다.

피를 보기 직전, 갑자기 치솟은 음욕을 참지 못한 광견은 조금 전에 안았던 여인의 침소로 향했다.

욕정으로 붉게 충혈된 눈빛으로 달려가는 광견의 모습은 이름 그대로 미친개와 다르지 않았다.

                    *   *   *

"많이 먹어라."

하일군이 손가락에 묻은 기름기를 쪽쪽 빨아대는 풍월의 모습을 흐뭇하게 바라보며 남은 닭다리마저 집어주었다.

짧은 시간, 풍월이 살아온 이야기를 들으며 울고 웃으며 얼마나 많은 눈물을 흘렸는지 눈두덩이가 퉁퉁 부어 있었다.

"예."

배가 빵빵하게 불러왔지만 풍월은 거절할 수가 없었다.

외숙이 지금 어떤 마음으로 자신을 보고 있는지 너무도 잘

알고 있기 때문이다. 하지만 솔직히 더 이상 들어갈 자리가
없었다.

방문이 열리며 중년 부인과 그녀를 꼭 닮은 딸이 들어왔다.
그녀들의 손에는 새롭게 요리된 음식이 가득 담긴 접시가 들
려 있었다.

휘둥그레진 풍월의 눈동자가 공포로 물들었다.

"그만요, 그만. 더 이상은 들어갈 곳이 없어요."

풍월이 과장된 행동을 하며 배를 두드렸다. 임산부처럼 볼
록 튀어나온 배가 그의 말이 거짓이 아님을 보여줬다.

"더 먹으면 저 죽습니다."

풍월의 호들갑에 음식을 내려놓는 중년 부인과 딸의 얼굴
에 웃음이 지어졌다.

"준비한다고 했는데 먹을 만했는지 모르겠네."

"외숙모님 음식 솜씨가 대단하네요. 지금껏 먹어본 음식 중
최곱니다."

풍월이 엄지를 치켜세웠다.

"급하게 준비해서 많이 부족한데 빈말이라도 고마워."

부지런히 음식을 나르던 외숙모가 하일군의 옆자리에 앉으
며 웃었다.

"빈말이라니요. 제가 이래봬도 지금껏 거짓말을 해본 적이
없는 사람입니다."

"그럼 다행이고. 그나저나 보면 볼수록 아가씨를 꼭 닮았어. 웃을 때 한쪽 눈꼬리가 살짝 처지는 것까지도."

"눈꼬리가요?"

풍월이 자신도 모르게 손을 올렸다.

"웃는 모습이 그렇게 예쁠 수가 없었는데……."

외숙모의 눈시울이 금세 붉어졌다.

"그렇게 우시고도 아직도 눈물이 남으셨어요?"

농을 던지듯 했지만 풍월은 모친을 생각하는 외숙모의 마음에 진심으로 감동을 받았다.

난생 처음 외가라는 곳에 온 자신을 한없이 반겨준 것은 물론이고 자신과 모친의 이야기를 듣고 누구보다 많이 울어준 사람이 아니던가.

덩달아 눈시울을 붉히는 외사촌 동생도 그렇게 예쁠 수가 없었다.

"참, 무열이 형은 언제 오는 거죠?"

"바로 연락을 했으니 곧 도착할 게다. 그나저나 네가 연백이와 안면이 있었다니 이것 참……."

하일군이 너털웃음을 터뜨렸다.

"그러게요. 그때 못 알아본 것이 한이네요. 그랬다면 할아버님과 할머님을 뵐 수 있었을 텐데."

풍월이 화영표국의 쟁자수로 일하고 있을 때 하일군의 장

자 하연백 역시 화영표국에서 표두로 일하고 있었다. 비록 함께 표행을 하지는 않았지만 안면을 트는 것은 물론이고 몇 번 말을 섞기도 했다. 만약 그때 서로의 관계를 알았다면 몇 달 전 세상을 떠난 외조부와 조모를 볼 수 있었을 것이다.

풍월이 한숨을 내쉬며 술잔을 들자 다들 안타까운 표정을 지었다.

"그 또한 운명 아니겠느냐? 너무 신경 쓰지 마라. 이렇게라도 만났으면 된 것이지."

하일군이 술을 따라주며 풍월을 달랬다.

"큰애가 너를 보면 무척이나 놀랄 게다. 화영표국의 그 유명한 쟁자수가 실종된 고모의 아들이라니 말이다."

"흐흐흐! 그렇겠지요. 참, 연백 형님의 표행지가 어디라고 하셨지요?"

"온주."

"온주라면 꽤나 머네요."

풍월의 표정이 살짝 어두워졌다.

"그러게. 표행 떠난 지가 꽤 되었다지만 그래도 돌아오려면 한 달은 족히 더 걸리겠구나."

하일군이 술잔을 집어 들며 풍월의 눈치를 살폈다. 뭔가 생각이 많은 것 같았다. 그 이유를 짐작할 수 있었다.

"복수를 하려는 게냐?"

"예?"

"네가 말해줬지 않느냐? 매혼루가 뭔가 하는 곳에 네 어미를 죽여달라고 청부한 곳이 대화상회라고."

대화상회라는 말에 풍월의 표정이 굳어졌다.

"대화상회만은 아니지요. 서문세가도 엮여 있습니다."

하일군은 착 가라앉은 음성에서 어미의 복수를 하겠다는 강력한 의지를 느낄 수 있었다.

동시에 걱정이 됐다. 대화상회는 그렇다 쳐도 서문세가는 신흥 삼대세가라 일컬어지며 무섭게 성장하는 곳이 아니던가. 풍월이 비록 검선과 마도의 전인이라 해도 혼자서 열 사람의 손을 감당할 수는 없는 법이다.

심지어 서문세가는 열 사람의 손이 아니라 백 사람의 손이라 해도 부족한 곳이었다. 게다가 이유야 어찌 되었든 서문세가는 풍월의 본가였다.

"서문세가는 네 본가다. 그리고 아무래도 네가 착각하는 것이 있구나."

"착각이라니요?"

풍월이 되물었다.

"아까는 그냥 지나갔지만 너는 네 어미가 서문세가의 세력 싸움에 연관이 되어 목숨의 위협을 받았다고 생각하는 것 같다. 맞느냐?"

"예, 아닌가요?"

"아니다."

하일군은 풍월이 당황할 정도로 단호히 고개를 저었다.

"미안한 말이나 매부, 그러니까 네 아비는 서문세가의 세력 싸움에 연관될 깜냥이 되지 않는다."

"……"

"이해하기 쉽게 말해주마. 두 마리의 호랑이가 산중 제왕의 자리를 놓고 싸우고 있을 때 승냥이나 여우는 그 싸움에 휘둘릴 가능성이 있다. 미약하나마 그만큼의 힘은 있으니까. 하지만 풀이나 뜯어먹는 토끼가, 열매나 따먹는 다람쥐가 그 싸움에 휘둘릴 가능성이 있다고 보느냐?"

풍월은 당황한 기색이 역력했다.

"서문세가에서 네 아비의 위치는 딱 거기였다. 직계가 아닌 방계, 방계에서도 중심에서 멀리 떨어져 고작 세가에서 경영하는 표국에서 일하는 젊은 표사가 어떤 힘을 발휘할 수 있다고 보는 거냐?"

"그럼 대체 어째서……"

"그러니까 말이다. 네 부친과 모친은 서문세가에서도 가장 평범한 사람들이다. 서문세가의 울타리에 속하기는 하나 중심이 아닌 이들. 그저 자신이 맡은 자리에서 묵묵히 일을 하는 사람들이란 말이지. 당연히 원한 살 이유도 없고. 더구나 대

화상회라니……"

하일군이 답답한 얼굴로 연신 술잔을 들었다.

"그렇다면 더욱 확인을 해봐야겠네요. 대체 무슨 이유로 그렇게 평범하게 살고 계신 분을 해치려 한 것인지."

"말려도 듣지 않겠지?"

풍월은 대답 대신 엷은 미소를 지어 보였다.

"그래, 당연하겠지."

고개를 끄덕인 하일군이 무거운 표정으로 말했다.

"기왕 이리 된 것 한 가지를 더 조사해 보거라."

"무엇을요?"

풍월의 반문에 거푸 술잔을 들며 계속 머뭇거리던 하일군이 결심을 했다는 듯 입을 열었다.

"네 아비의 죽음."

순간, 풍월의 표정이 딱딱하게 굳었다.

"그게 무슨 말씀이신지요? 아까는 분명 불의의 사고로 돌아가셨다고……"

"그랬지. 한데 걸리는 게 있어."

"말씀해 주세요."

분위기가 무거워진다고 여긴 외숙모가 딸 하청옥을 데리고 슬며시 일어났다.

문이 닫힌 후, 하일군이 입을 열었다.

"인편으로 친정에 온다고 소식을 보내온 네 어미가 시간이 흘러도 도착을 하지 않자 서문세가에 연락을 취했다. 한데 어이없게도 서문세가에선 네 어미가 친정으로 오려 했다는 것을 모르고 그냥 실종된 것으로만 알고 있더란 말이지. 더구나 그 아이가 실종되기 직전 표행을 떠난 매부가 산적들의 습격에 목숨을 잃었다는 거야. 그땐 솔직히 정신이 없었다. 아버님과 나는 항주에서 서문세가로 통하는 길을 역으로 훑으며 네어미의 흔적을 찾고 있었으니까. 결국 아무런 흔적도 찾지 못하고 절망을 하고 말았다. 다른 생각은 할 수도 없었어. 하지만 네 말을 듣고 보니 몇 가지 이상한 점이 있구나. 첫째, 매부는 어째서 만삭이 가까워 오는 네 어미가 친정에 혼자 가는 걸 막지 않은 걸까? 악양에서 항주가 만만치 않은 거리라는 것은 항주까지 표행을 왔다가 네 어미를 만나고 그 뒤로 시간만 나면 뻔질나게 다녔던 매부가 누구보다 잘 안다. 둘째, 매부가 먼저 표행을 떠났고 서문세가에서조차 네 어미가 실종된 것으로 알고 있었다 하니, 어쩌면 네 어미가 독단으로 서문세가를 떠난 것일 수도 있다. 한데 어째서? 셋째, 호접림이라고 했던가, 네 어미를 보호했다는 곳이?"

"예."

"그렇다면 호접림에 호위를 부탁한 사람은 매부일까, 아니면 네 어미일까? 마지막으로……."

하일군이 입술을 깨물고 있는 풍월을 힐끗 바라보며 말을 이었다.

"네 어미를 죽이기 위해 매혼루의 살수가 동원되었다는 것을 알게 된 지금, 매부는 과연 산적들에게 당한 것일까?"

"음."

풍월의 입에서 짧은 신음이 흘러나왔다.

막연하게 부친이 세상을 떴다는 것만 알고 있다가 모친의 사건과 연계되기 시작하자 머리가 복잡해졌다.

"외숙의 말씀이 맞네요. 확실히 이상해요. 당시의 정황들이 앞뒤가 맞지 않아요."

문득 어머니가 돌아가시기 직전 '아빠는 아빠대로 최선을 다했다'라고 했던 말이 떠올랐다. 등골이 서늘해졌다.

"어쩌면 아버지는 닥쳐오는 위험을 눈치채고 계셨을지도 모른다는 생각이 드네요. 호접림에 어머니의 호위를 부탁한 것도 아버지라는 생각이 들고."

풍월이 거칠게 술잔을 들었다.

"확인할 수 있을 겁니다. 아니, 반드시 확인할 겁니다."

"그래, 하지만 조심해야 한다. 네 실력이 어떤지는 소문으로 대충 들었다만 서문세가다."

하일군이 수심 가득한 얼굴로 말했다. 겨우 찾은 핏줄을 잃을까 걱정하는 모습이 역력했다.

"예, 조심할게요."

풍월이 밝게 웃으며 술잔을 권했다. 앞으로 어떤 일이 벌어질지 모르지만 지금 당장은 외갓집을 찾고 외숙을 만나고 핏줄을 만났음을 축하하고 기뻐하는 것만으로도 시간이 부족했다.

무거운 분위기를 일소하고 웃고 떠들며 몇 잔의 술잔을 주고받던 풍월이 갑자기 생각났다는 듯 물었다.

"아참, 아까 그 바보들. 독심회라고 했지요?"

"그놈들?"

하일군이 인상을 팍 쓰며 고개를 끄덕였다.

"맞다. 독심회."

"놈들이 왜 추룡무관을 노리는 거죠? 아니, 그보다 조금 이상하네요. 제가 항주에 머물고 있을 때만 해도 독심회란 이름을 들어본 적이 없거든요. 활동 영역이 색주가(色酒家)였다고요?"

"그래, 처음엔 조직원이 열도 되지 않았다지. 그냥 몸 파는 여인들에게 기생해서 살아가던 한심한 놈들이었다는데 지금은 서호는 물론이고 항주 인근의 거의 모든 기루와 주루, 객점가를 장악했다. 사실상 항주의 밤을 지배한다고 보면 맞아. 고작 오 개월 만에 벌어진 일이지."

"아까 그놈들 보니 별 볼 일 없는 놈들이던데요. 그냥 흔히

보던 뒷골목 모리배에 불과한 것 같은데 어떻게 그리 쉽게 항
주를 장악했을까요? 보통 거리 하나를 차지하려고 해도 쉽지
가 않잖아요. 고만고만하기는 해도 다른 조직도 있는 것으로
아는데."

풍월은 자신이 반병신으로 만들었던 육광을 떠올리며 도저
히 이해할 수 없다는 표정을 지었다.

"정확히는 알 수 없지만 주변 조직을 흡수하며 규모를 키웠
다고 하더라. 굴복하는 놈들은 제대로 대우를 해주고 저항하
는 놈들에겐 끔찍할 정도로 잔인한 보복을 해가며. 지금은 조
직원만 거의 이백에 이를 정도라지 아마."

"그런 놈들이야 이백이든 이천이든 걱정할 건 없고요. 문제
는 뒷골목에서 놀아야 할 놈들이 왜 추룡무관을 건드리냐는
거지요. 그놈들이 어째서 이곳에 찝쩍거리는 건데요?"

풍월의 물음에 하일군은 앞에 놓인 술잔을 들고 거칠게 술
을 들이켠 후 입을 열었다.

"남문대로에서 손을 떼라는 거다. 정확히 말하자면 자경단
의 권리를 제 놈들에게 넘기라는 거야."

"자경단이요? 아! 자경단."

항주에서 짧게나마 쟁자수 노릇을 한 덕에 풍월은 하일군
의 말을 곧바로 이해했다.

보통의 도시가 그렇듯 항주의 거리 역시 그 수와 규모만 다

를 뿐이지 뒷골목의 조직들이 장악을 했다. 하지만 서호 남쪽의 대로, 흔히 남문대로라 일컫는 곳에 늘어선 상권만큼은 달랐다.

낮에는 물론이고 밤에도 야시장이 열리면서 불야성을 이루는 그곳의 상권은 누구라도 탐을 낼 만큼 알짜였다.

그럼에도 뒷골목의 세력은 얼씬도 하지 못했다. 항주에 적을 두고 있는 거의 모든 무관들이 속칭 자경단을 구성하여 그곳을 지켜냈기 때문이었다.

물론 처음부터 그랬던 것은 아니었다. 자경단이 생긴 것은 대략 삼십여 년 전으로 거슬러 올라간다.

남문대로의 상권이 커지고 야시장이 활발해지면서 온갖 크고 작은 조직들이 범람하고 수많은 범죄가 발생을 하자 이를 타개하고자 당시 항주 부사의 청으로 무관들이 힘을 합치면서 자경단이 만들어졌다.

상인들은 무뢰배들의 횡포에서 자유로울 수 있어서 좋았고 무관들 역시 정기적으로 수입이 들어오는 셈이어서 거절할 이유가 없었다.

단순히 싸움을 잘하거나 힘을 쓰는 자들이 아니라 정식으로 무술을 배운 자들이 질서 유지에 힘을 쏟자 그 많던 범죄들이 눈에 띄게 줄어들었다. 이를 용납할 수 없었던 조직들의 도전이 줄을 이었지만 그 어떤 조직도 자경단의 힘을 넘어서

진 못했다.

한데 뜬금없이 등장한 독심회가 삼십 년을 넘게 이어온 질서를 흔들려고 하는 것이다.

"욕심이 과한 놈들이네요. 남문대로가 아니더라도 이미 충분하게 구역을 확보한 것 같은데."

"그러게 말이다."

"그런데 은성무관도 자경단 아닌가요? 제 놈들이 아무리 날고 기어도 은성무관은 건드리기 힘들 텐데요."

항주에서도 최고의 전통을 자랑하는 은성무관은 오래된 역사만큼이나 무림에 인맥도 많았고 수많은 무인들을 배출한 명문이었다.

은성무관에서 배운 제자들 중 대부분은 군문에 투신하거나 인근 표국의 표사로 활약을 하고 있기에 그 영향력 또한 막강했다. 자경단의 핵심이라 할 수 있었다.

하일군이 한숨을 내쉬었다.

"석 달 전, 은성무관이 누군가의 습격을 받고 박살이 났다. 관주 이청조 대협은 목숨을 잃었고 이름이 알려진 대부분의 무인들이 크고 작은 부상으로 쓰러졌다. 놈들이 저리 기고만장한 것도 바로 그 이유다."

"말도 안 돼!"

풍월의 입이 쩍 벌어졌다.

은성무관이 어떤 곳인지, 관주 이청조가 어느 정도의 고수였는지 알고 있던 풍월은 경악을 금치 못했다.

"주변에서, 아니, 무엇보다 은성무관 출신의 제자들이 가만있지 않았을 텐데요."

"가만있지는 않았지. 하지만 답이 없었다. 독심회 놈들이 개입을 했다는 증거가 없었거든. 관부에서도 그다지 관심을 보이지 않았고. 솔직히 놈들 실력으로 은성장을 박살 낸다는 것도 말도 안 되는 일이었지. 다들 범인을 찾으려고 눈이 벌개져서 돌아다녔지만 아무런 성과를 얻지 못했다. 그렇게 한 달이 지나고 사건이 흐지부지해 질 때쯤 한동안 숨죽이고 있던 독심회 놈들이 또다시 날뛰면서 두 번째 사달이 났다."

"설마 은성장 말고 다른 곳도 당한 겁니까?"

풍월이 입에 대던 술잔을 멈추고 물었다.

"그래, 은성무관만큼은 아니더라도 항주에서 명성 높은 해령보(海靈堡)가 똑같은 방식으로 박살이 났다. 역시 범인은 오리무중이고."

"저도 알아요, 해령보. 결국 자경단의 양대 축이 무너진 셈이군요."

"맞다. 그날 이후 자경단에 속한 무관들이 하나둘 독심회 놈들에게 권리를 넘기기 시작했다. 두려웠던 거지. 은성무관이나 해령보처럼 자신들도 당할 수 있으니까. 게다가 어느

새 거대해진 독심회 자체도 감당하기 힘들 정도고. 뭐, 나처럼 버티는 무관도 몇 있기는 하지만 언제까지 버틸 수 있을지는……."

씁쓸히 웃은 하일군이 술잔을 비웠다.

그때였다. 늦둥이로 태어나 집안의 사랑을 독차지하고 있던 하청옥이 눈물이 범벅된 얼굴로 문을 열었다.

"아, 아빠!"

"왜? 무슨 일이냐?"

하일군이 울며 달려드는 하청옥을 품에 안으며 물었다.

"오, 오빠가…… 오빠가……."

하청옥이 말을 잇지 못하는 사이 외숙모가 겁에 질린 얼굴로 나타났다.

"여, 여보……."

"무슨 일이오?"

"그, 그자들이 무열이를……."

더 듣고 있을 이유가 없었다. 하일군과 풍월이 자리를 박차고 나섰다.

아담한 연무장에는 이미 추룡무관의 제자들과 광견, 사도착이 이끄는 독심회가 대치 중이었다. 물론 대치라기보다는 숫자가 오십 명이 훌쩍 넘는 독심회가 완벽하게 포위하고 있

는 형국이다.

그들 사이에 피투성이가 된 청년이 쓰러져 있었다. 자경단의 일원으로 남문대로를 살피다 풍월의 소식을 듣고 급히 달려오던 하무열이었다.

"무열아!"

하일군이 아들의 이름을 부르며 달려갔지만 몇 걸음 접근도 하기 전에 날카롭게 날아와 땅에 박힌 비수가 그의 발걸음을 묶었다.

"어이, 영감. 감격적인 부자 상봉은 잠시 뒤로 미루고 우선은 우리와 얘기를 해야 할 것 같은데."

광견이 건들거리며 앞으로 나섰다.

손에 들린 비수로 이 사이에 낀 찌꺼기를 빼내는 모습은 전형적인 뒷골목 쓰레기의 모습이었다.

"대체 이 아이가 무슨 잘못을 했기에 이런 짓을 한단 말이냐?"

광견을 향한 하일군의 눈에는 분노가 가득 담겨 있었다.

"잘못이라면 추룡무관의 아들이라는 것? 그리고 감히 우리에게 이빨을 들이댔다는 거지. 꺼지라니? 어린놈의 새끼가 싸가지도 없이. 카악, 퉤!"

조금 전 정문 앞에서 만난 하무열의 모습을 떠올리자 다시금 짜증이 솟구친 광견이 그를 향해 누런 가래침을 뱉었다.

무인으로서 참기 힘든 모욕이었다. 더구나 당하는 상대가 아들이라면 더욱 그랬다. 하지만 아들의 안전을 담보할 수가 없기에 하일군은 움직이지 못했다. 그저 아들의 뒤통수에 흉측하게 달라붙은 가래침을 보면서 피가 나도록 입술을 깨물 뿐이었다.

그런 하일군을 보며 한껏 거만한 미소를 지어 보인 광견이 하일군의 주변을 살피기 시작했다.

"여기에 우리 애들을 곤죽으로 만들어놓은 놈이 있다며? 영감, 그놈 어디 있어?"

하일군이 대답을 하기도 전에 풍월이 앞으로 나섰다.

"어이, 미친개. 바로 앞에 있는 사람도 못 알아보는 그런 눈깔을 어따 써먹어? 그냥 빼버리자."

"크하하하! 네가 바로 그놈이구나. 이거 생각보다 훨씬 더 어린놈이군."

광견은 도발적인 언사에도 화를 내지 않았다. 오히려 크게 웃는 것이 마치 지금의 상황을 즐기는 것 같았다.

어쩌면 추룡무관이 지닌 자경단의 권리를 쉽게 차지할 수 있는 기회를 만들어준 것을 고마워하는 것인지도 몰랐다.

"웃어? 지금 상황이 웃긴 모양이지?"

풍월이 차갑게 웃으며 물었다.

"아무렴. 웃기지. 웃기고말고. 네 덕분에 일이 쉽게 풀렸으

니 어찌 웃지 않을 수 있겠느냐?"

상당한 고수일 수도 있다는 말에 긴장을 하지 않았던가. 한데 눈앞의 적에게선 위험한 기운을 전혀 느낄 수가 없었다.

은밀한 곳에 숨어 계집들과 노닥거리고 있는 자들을 떠올리며 잠깐이나마 긴장을 했던 것이 부끄러울 지경이었다.

"웃음에 대한 보답으로 살려는주마."

광견이 손을 들어 막 공격 명령을 내리려 할 때였다.

"고맙네. 그렇다면 나도 한 가지는 약속하지. 죽는 사람은 없을 거다. 대신 이곳을 나갈 때는 다들 기어서 나가야 할 거다. 은 형."

풍월의 외침에 오랜만에 찾아온 휴식을 즐기고 있던 은혼이 조용히 모습을 드러냈다.

"정문 좀 막아줘요. 한 놈도 그냥 내보내선 안 됩니다."

"이미 조치해 두었습니다."

아닌 게 아니라 추룡무관의 정문은 어느새 나타난 은혼의 수하들이 장악하고 있었다.

은혼은 불쌍하다는 눈길로 광견과 그의 수하들을 바라보곤 정문을 향해 움직였다.

바로 곁을 스쳐감에도 아무도 그를 막지 못했다. 뭐라 표현을 할 수는 없지만 그의 전신에서 풍기는 묘한 분위기가 그렇게 만든 것이다. 그나마 사도착의 몸이 몇 번 들썩거리긴 했

지만 그뿐이었다.

"병신 같은 새끼들!"

수하들이 뒷걸음질 치는 것이 마음에 들지 않았는지 불같이 소리를 내지른 광견이 하무열을 향해 비수를 날렸다.

사방에서 찢어지는 듯한 비명이 터져 나왔다.

광견이 아무리 인의를 모르는 뒷골목 무뢰배라 해도 설마 쓰러진 사람을 향해 비수를 던지는 짓을 할 것이라곤 아무도 예상을 하지 못했다.

당연히 막을 방법도 없었다. 하지만 광견이 던진 비수는 하무열에게 아무런 해를 입히지 못했다.

"그럴 줄 알았다. 걸레는 빨아도 걸레거든."

지풍을 발출해 비수를 날려 버린 풍월이 차갑게 웃으며 힘차게 바닥을 굴렀다.

바닥에 깔려 있던 석판이 산산조각 나며 흩어졌다. 아무렇게나 손을 휘저어 파편을 손에 넣은 풍월이 그중 한 개를 손가락 사이에 끼며 말했다.

"기어나가야 한다고 했지? 죽을 힘을 다해 막아봐."

말이 끝남과 동시에 손가락을 퉁겼다. 구슬보다 작은 파편이 파공성을 내며 쏘아졌다.

광견의 곁에 있던 사내가 느닷없이 비명을 지르며 주저앉았다.

그것이 시작이었다.

풍월이 손가락을 한 번 튕길 때마다 여지없이 비명이 터져
나오고 살기등등한 얼굴로 광견 주변을 호위하고 있던 독심회
의 수하들이 힘없이 무너져 내렸다.

제25장

예상 밖의 상대

"뭐, 뭐야?"

광견이 당황한 얼굴로 주변을 살필 때 이미 십여 명의 수하들이 부러진 다리를 붙잡고 바닥을 뒹굴었다.

"쳐라!"

그나마 냉정히 상황을 지켜보고 있던 사도착이 어쩔 줄을 몰라 하는 수하들을 향해 소리쳤다.

눈 깜짝할 사이에 십여 명이 쓰러졌지만 그래도 거의 사십 명 가까이 남아 있었다.

그들이 아귀처럼 인상을 쓰고 무기를 휘두르며 달려드는

모습은 충분히 위협적이었다. 물론 하일군을 비롯한 추룡무
관 제자들의 관점에서였다.

"걱정하지 말고 잠시 비켜서세요."

슬쩍 고개를 돌려 안심을 시킨 풍월이 몇 개 남지 않은 파
편을 휙 뿌렸다.

날카로운 파공성과 더불어 아홉 명의 사내가 비명을 내지
르며 쓰러졌다.

"청옥아, 그것 좀 잠시 빌릴게."

풍월이 하청옥을 향해 손을 뻗자 그녀의 손에 들렸던 목검
이 풍월의 손으로 빨려 들어갔다. 제 딴에는 나름 함께 싸우
겠다고 들고 온 목검이었다.

하청옥은 멍한 얼굴로 텅 빈 자신의 손과 어느새 풍월의
손아귀에 들어간 목검을 번갈아 바라보았다.

목검을 쥔 풍월은 더 이상 기다리지 않았다.

불나방처럼 달려드는 적을 향해 성큼성큼 걸음을 옮겼다.
그러고는 천천히 목검을 움직였다.

풍월은 손속에 인정을 두지 않았다.

개처럼 끌려와 쓰러져 있는 하무열의 모습에서 자비는 있
을 수 없었다.

"크악!"

"으악!"

연무장에 비명이 난무하기 시작했다.

목검이 움직일 때마다 팔이, 다리가 부러지기 시작했다.

정타로 맞힐 필요도 없었다. 내공이 실린 풍월의 목검에는 뒷골목 무뢰배들은 감히 상상도 할 수 없는 힘이 실려 있었다.

부딪친 무기는 모조리 박살이 났고 스치기만 해도 그대로 살이 찢기고 뼈가 부러져 나갔다.

"호오."

풍월의 입에서 처음으로 감탄사가 흘러나왔다. 자신의 목검을 처음으로 버텨낸 사람이 있었기 때문이다.

사도착이었다. 다만 버티는 것만으로도 힘에 부치는지 이를 악물고 있는 얼굴은 고통으로 가득했다.

풍월이 발을 앞으로 내밀어 그의 정강이를 짓밟았다.

뼈가 부러지는 소리와 함께 사도착의 오른발이 기괴하게 꺾였다.

그것으로도 부족한지 빙글 몸을 돌려 왼편으로 돌아간 풍월이 나머지 발목마저 밟아버렸다.

"끄아아악!"

사도착의 입에서 처절한 비명이 터져 나왔다.

풍월은 무기를 든 팔목마저 부러뜨린 후에야 그를 스쳐 뒷걸음질 치고 있는 광견에게 향했다.

"마, 막아! 막아!"

말 그대로 추풍낙엽, 고작 숨 몇 번 내쉴 정도의 시간에 사도착을 비롯해서 절반도 훌쩍 넘는 수하들을 잃은 광견은 겁에 질린 얼굴로 소리쳤다.

하지만 동료들은 물론이고 독심회에서 가장 악착같고 뛰어난 실력을 지닌 사도착이 아무것도 해보지 못하고 병신이 되는 것을 눈앞에서 지켜본 이들은 공포감에 사로잡혀 옴짝달싹할 수가 없었다.

광견의 광기 어린 외침에 겨우 정신을 차린 몇몇이 앞을 가로막았다가 여지없이 박살이 나는 것을 본 후에는 아무도 움직이지 못했다.

은혼이 지키는 정문으로 도망가려 한 자들도 몇 있기는 했지만 그들 역시 같은 신세를 면치 못했다.

"으아아! 죽어!"

광견이 손에 잡히는 대로 비수를 날리며 풍월의 접근을 막으려 했다.

뒷골목 무뢰배의 솜씨라 보기엔 제법 날카롭고 위력이 실린 공격이었으나 풍월의 옷깃조차 스칠 수 없었다. 도리어 마구잡이로 날린 비수가 목검의 힘에 이끌려 자신에게 날아들 때 광견은 넋을 잃어야 했다.

픽! 픽!

광견이 날린 비수가 그가 뿌렸을 때보다 훨씬 강력한 힘으로 돌아와 그의 양쪽 어깨를 꿰뚫었다.

광견의 입에서 비명이 터지기도 전 목검이 그의 양 무릎을 훑고 지나갔다.

군형을 잃고 그대로 고꾸라진 광견은 바닥에 얼굴을 정면으로 부딪치며 정신을 잃었다.

"시끄러워서, 원."

광견을 완벽하게 무력화시킨 풍월이 주변을 돌아보았다.

풍월의 시선이 지나칠 때마다 다들 벼락 맞은 것처럼 놀랐다.

"열 센다. 당장 꺼져."

겁에 질린 적들에게 경고를 한 풍월이 몸을 돌렸다.

하일군을 비롯한 추룡무관 제자들이 멍한 얼굴로 그를 바라보고 있었다.

풍월이 목검을 휘둘러 적을 쓰러뜨릴 때마다 방방 뜨며 소리치던 하청옥만이 목청이 터져라 환호성을 보냈다.

"와! 월 오라버니, 정말 최고!"

약간은 멋쩍은 웃음과 함께 다가가 풍월이 그녀에게 목검을 건네주었다.

"잘 썼다."

"오라버니! 나도 가르쳐 줘요, 그 무술."

하청옥이 눈망울을 반짝반짝 빛내며 소리쳤다. 꽤나 부담
스럽지만 결코 싫지 않은 눈빛이었다.

                    *   *   *

항주 외곽에 위치한 색주가.
그중에서도 가장 크고 화려한 기루에 머물고 있던 묵왕은
답답해 미칠 지경이었다.
"숙부, 언제까지 이곳에 머물러야 하는 겁니까?"
"왜? 지겨운 거냐? 계집들을 마음껏 품을 수 있다고 좋아했
잖아."
묵왕이 독한 소흥주를 술병째 벌컥벌컥 들이켠 후 고개를
저었다.
"그것도 하루 이틀이죠. 하루 종일 처박혀 있으려니 지겨워
죽겠습니다. 이제 계집들 지분 냄새만 맡아도 구역질이 날 것
같다니까요."
"글쎄, 대충 정리가 되는 것 같으니 곧 떠날 수 있겠지."
묵인건이 자신의 술까지 탐내는 묵왕의 손을 젓가락으로
막아내며 말했다.
"야, 여기 술!"
문밖을 향해 소리친 묵왕이 잘 구어진 꿩 날개를 거칠게 뜯

으며 물었다.

"그냥 우리가 정리를 해버리면 되는 것 아닙니까?"

"그러지 못한다는 거 알잖아. 자경단은 형식적이나마 관부에서 관리한다. 은성무관이나 해령보야 그놈들이 감당할 수가 없어서 우리가 끼어들었지만 솔직히 많이 무리한 거야. 그걸 무마한다고 얼마나 돈을 처발랐는지 너도 알잖아."

"하지만……."

"가급적 조용히 끝내는 게 좋아. 개방 놈들이 냄새를 맡았다는 정보도 있고."

"흥! 냄새를 맡아봤자요. 제 놈들이 할 수 있는 것이 뭐가 있다고요."

묵왕이 코웃음을 치자 묵인건이 나직이 한숨을 내쉬었다.

"할 수 있고 없고를 떠나 귀찮잖아. 게다가 화평연도 얼마 남지 않은 상황에서 괜히 분란을 일으키다간 낭패를 볼 수도 있다."

"전 그게 답답해요. 뭐가 무섭다고. 화평연도 그래요. 언제까지 구습을 답습해야 하는지."

순간 묵인건의 눈빛이 차가워졌다.

"말조심해라."

움찔한 묵왕이 얼른 고개를 숙였다.

"죄송합니다. 그냥 답답해서요."

"네 마음을 모르는 건 아니다만 그래도 할 말이 있고 그렇지 않은 말이 있는 법이다."

"예, 주의하겠습니다."

"조금만 더 참도록 하자. 여기 일만 잘 끝나면 본가는 그야말로 날개를 다는 것이니까."

말은 그리하면서도 묵왕을 달래는 묵인건 또한 무료한 표정은 감추지 못했다.

"그래도 이건 질리지가 않네요."

묵왕이 새로이 들여온 술병을 집어들며 웃었다.

"천하의 명주로 소무난 소홍주를 물처럼 마시는 녀석은 너밖에 없을게다."

묵인건이 어이없다는 표정으로 말했다.

"이거라도 마셔야지요. 아니면 정말 미……."

막 술병을 입에 대려던 묵왕은 밖에서 들려오는 소란에 미간을 찌푸리며 술병을 내려놓았다.

"무슨 일이야?"

방문이 열리며 검은색 무복을 멋들어지게 갖춰 입은 사내가 들어왔다.

나이는 대략 삼십 중반, 감정이라고는 전혀 느껴지지 않는 섬뜩한 눈동자에 잘 벼려진 검과 같은 기운을 지니고 있는 사

내는 묵인건과 묵왕을 수행하고 있는 참혼단주 초의였다.

"문제가 생긴 것 같습니다."

초의가 굳은 표정으로 말했다.

"문제라니?"

"독심회 놈들이 모조리 병신이 되어 돌아왔다고 합니다."

"이건 또 무슨 개소리야?"

묵왕이 술병을 집어 던지며 벌떡 일어났다.

"조용."

차가운 눈길로 묵왕의 입을 틀어막은 묵인건이 설명을 해보라는 눈짓을 했다.

"독심회에서 이번에 작업하고 있는 무관이 추룡무관입니다. 혹시 기억하십니까?"

"추룡무관? 그래, 기억이 난다. 그런데?"

"아무래도 이상한 놈이 개입을 한 모양입니다. 광견이 수하를 이끌고 갔다가 모조리 당한 것 같습니다."

묵인건이 관자놀이를 지그시 문지르며 물었다.

"구대문파와 사대세가 놈들이 개입한 거냐?"

"그건 아닌 것 같습니다. 제대로 확인한 것 같지는 않은데 놈들 말로는 추룡무관 관주의 조카라고 합니다."

"조카라……."

"흥! 어디 가서 몇 가지 얻어 배운 모양이네요."

묵왕이 가소롭다는 듯 웃었다.

"그렇게 간단히 생각할 문제는 아닌 것 같습니다."

"어째서?"

묵왕이 신경질적으로 반응했다.

"손톱만 한 돌멩이를 암기처럼 다뤘다고 하는군요. 그 돌멩이에 팔다리가 박살 났다고……."

"그 정도야 마음만 먹으면 간단하지."

묵왕이 코웃음을 쳤다.

"하나 더 있습니다."

"뭔가?"

"혼자가 아니라 수하처럼 부리는 자들이 몇 있는 것 같습니다. 한데 그자들의 분위기가 심상치 않습니다. 몇몇의 표현대로라면 꼭 우리를 보는 것 같았다고 하였습니다."

묵왕도 더 이상은 웃지 못했다.

참혼대는 본가에서도 공을 들여 키운 자들이다. 인원은 얼마 되지 않았지만 한 명, 한 명이 혹독한 훈련을 통해 일당백의 전사로 거듭났다.

그들에게서 뿜어져 나오는 특유의 기운은 어지간한 이들이라면 마주하는 것만으로도 오줌을 지릴 정도로 무시무시한 것이었다.

"무시해. 그놈들이 뭘 안다고."

"주의해서 나쁠 것은 없다고 봅니다."

초의는 초지일관 조심스러운 태도였다.

"그래, 그렇긴 하지."

묵인건이 무겁게 고개를 끄덕였다.

"개방 놈들이 돌아다닌다고 한 것 같은데."

"확실한 것은 아닙니다."

"개방에 이어 정체를 알 수 없는 조카라… 골치 아프게 됐군."

"제가 다녀오겠습니다, 숙부. 그때처럼 조용히 처리하고 오지요."

"……."

"숙부!"

"알았다. 하지만 지금 상황에서 쉽게 움직일 수는 없다. 초의."

"예."

"아무래도 개방의 시선이 신경이 쓰인다. 적당히 미끼를 던져 놈들의 시선을 유인해라."

"발이 빠른 아이들로 준비하겠습니다."

묵인건이 묵왕을 향해 말했다.

"놈들이 미끼를 물면 곧바로 추룡무관으로 가자."

묵왕이 깜짝 놀라 되물었다.

"숙부님도 직접 가시려고요?"

"그래, 아무래도 꺼림칙해."

"은성무관의 이 뭐시기라는 늙은이의 실력이 뛰어나긴 했지만 제게 삼십 합도 견디지 못했습니다. 이번에도 제가 해결하고 오겠습니다."

"함께 간다고 했지 내가 손을 쓴다는 의미는 아니었다."

"흐흐흐! 그럼 또 얘기가 달라지고요."

묵왕의 자신감 넘치는 웃음에 묵인건이 나직이 한숨을 내쉬었다.

묵왕은 장차 세가를 이끌어갈 후계자들 중 한 명이다. 실력도 그만하면 충분했다.

이미 세가 내에서도 손꼽히는 고수로 성장했다. 다만 기복이 심한 감정과 세상천지 두려울 것 없다는 듯 끝도 없는 자신감은 분명 문제였다.

*　　　　　*　　　　　*

"색주가요?"

풍월이 놀라 물었다.

"예, 놈들이 그쪽으로 사람을 보내는 것을 확인하고 뒤를 밟았는데 정체를 알 수 없는 자들이 그곳에 은밀히 숨어 있다

는군요."

"놈들이 누군지 확인은 했습니까?"

은혼이 민망한 얼굴로 고개를 저었다.

"그곳을 지키는 놈들의 실력이 만만치 않다는군요. 아니, 솔직히 제가 데리고 있는 애들보다는 뛰어난 것 같습니다. 접근할 엄두가 나지 않았다고 하는 것을 보면요."

풍월의 표정이 심각하게 변했다.

무공에 특화된 것은 아니나 묵영단은 패천마궁을 대표하는 정보 조직으로 개개인이 상당히 뛰어난 실력을 지녔다. 한데 그들이 접근할 엄두를 내지 못한다는 것은 그만큼 색주가에 숨어 있는 자들의 실력이 비범하다는 것을 의미했다.

"인원은요?"

"외부를 감시하는 인원 다섯까지는 확인을 했다고 하는데 정확한 인원은 파악하지 못했다고 합니다."

"외부를 감시하는 인원이 다섯이라면 생각보다 많을 수 있겠네요."

"예."

"그놈들이 은성무관과 해령보를 지워 버린 놈들이겠구나."

하일군이 살짝 떨리는 음성으로 말했다. 눈동자에도 두려움이 묻어나왔다.

"너무 걱정하지 마세요. 말씀드렸잖아요. 이 조카가 그리

약한 놈은 아닙니다."

"알지. 하지만……."

하일군이 애써 미소 지었다. 조카의 자신만만한 태도에 안심이 되면서도 한편으로 불안감이 솟구쳤다.

"차라리 잘됐어요. 이참에 화근을 잘라 버리면 되겠네요. 은 형."

"예, 공자."

"놈들이 바로 공격을 해올까요?"

"글쎄요. 신중한 자들이라면 의외로 쉽게 움직이지 않을 가능성이 있습니다."

"어째서요?"

"공자님의 실력을 알 수 없으니까요. 그건 큰 변수가 될 수 있습니다."

"기다리는 건 싫은데."

잠시 머리를 굴리던 풍월이 귀찮다는 얼굴로 물었다.

"아예 선공을 해버릴까요?"

선공을 한다는 말에 하일군은 기겁했지만 은혼은 조금도 동요하지 않았다.

"나쁜 생각은 아닙니다만 지금 상황에선 그리 추천하고 싶지는 않습니다."

"어째서요?"

"놈들의 전력이 전혀 파악되지 않았으니까요. 공자님의 실력을 믿고는 있지만 어떤 함정이 있을지 모르는 상황입니다. 어쩌면 놈들이 공자님을 기다리고 있을지도 모르고요. 게다가 선공을 한다면 그 과정에서 색주가에 있는 사람들이 다칠 가능성이 높습니다."

"그건 좀 그렇네요."

괜한 사람들에게 피해를 주고 싶지 않았던 풍월이 고개를 흔들었다.

그때였다. 은밀한 인기척에 풍월의 양해를 구한 은혼이 방을 나섰다.

잠시 후, 밖에서 돌아온 은혼이 약간은 상기된 얼굴로 말했다.

"굳이 놈들을 찾아갈 필요가 없을 것 같습니다."

은혼의 말에 풍월이 반색을 했다.

"놈들이 움직였답니까?"

"예, 정확히 이곳을 노리는 것인지는 모르나 은밀한 움직임이 있다는군요."

"그럼 생각할 것도 없네요. 외숙."

적이 움직였다는 말에 그대로 굳어버린 하일군이 깜짝 놀라 풍월을 바라보았다.

"무관에 남아 있는 이들이 몇이나 있지요? 가족을 포함해

서요."

"무관에 상주하는 아이들이 다섯이니까 총 아홉이다."

"잠시 피해 있으시죠. 아, 제가 놈들에게 겁을 먹거나 두려워서 그런 건 절대 아니고요. 이것들이 혹시나 외숙이나 가족을 노릴까 봐서요. 숫자가 많으면 아무래도 신경을 쓰기가 어렵잖아요. 은 형, 이쪽에 감시가 붙었습니까?"

"아직 그런 기미는 없습니다."

"잘됐네요. 늦기 전에 피하세요, 외숙."

"하지만 혼자 괜찮겠느냐? 나라도……."

하일군이 머뭇거리자 풍월이 단혼한 표정을 지었다.

"독심회 놈들이 아니라 그 이상의 적이라면 외숙은 도움이 되지 않아요."

"하긴, 네 말이 맞다."

하일군이 씁쓸히 고개를 끄덕였다. 외숙의 표정을 본 풍월은 아차 싶었다.

"죄송합니다. 외숙께서 제 걱정에 그러신다는 것을 알면서도 함부로 말했네요."

"아니다. 오히려 네가 못난 외숙을 걱정해서 하는 말임을 어찌 모르겠느냐. 알았다. 일단 몸을 피하도록 하마. 하지만 월아."

"예, 외숙."

"정말 자신 있는 게냐?"

하일군이 걱정스러운 얼굴로 물었다.

풍월은 별다른 대답 없이 그저 환한 미소를 지어 보였다.

그것으로 충분했다.

                    *   *   *

그림자 하나가 담을 넘고 곧 정문이 열렸다.

낡은 문소리가 제법 요란했으나 정문 앞에 선 이들은 그다지 신경 쓰는 것 같지 않았다.

정문 안으로 들어선 묵인건이 눈짓을 하자 참혼단주 초의가 주먹을 불끈 쥐었다가 앞을 향해 확 폈다.

검은 무복으로 온몸을 가린 참혼단이 좌우로 펼쳐졌다.

대략 삼십 명의 인원이 움직이는데 숨소리조차 들리지 않았다.

묵인건과 묵왕은 뒷짐을 진 채 느긋한 걸음으로 연무장으로 이동했다.

"하하하! 이거, 야밤에 웬 쥐새끼들인가 했더니 그래도 들개쯤은 되어 보이네."

낭랑한 웃음소리와 함께 풍월이 모습을 드러냈다.

그런데 혼자가 아니었다. 그의 손에는 방금 전 추룡무관에

잠입했던 참혼단원 한 명이 잡혀 있었다.

어디가 어떻게 제압을 당한 것인지 축 늘어진 사내는 연신 눈동자를 움직이고는 있었으나 손가락 하나 까딱하지 못했다.

"쥐새끼든 들개든 주인의 허락 없이 담을 넘은 도적놈들은 그 벌을 받아야 하는 법이지."

풍월의 손이 사내의 단전을 훑었다.

제압한 혈을 풀어준 것인지 미친 듯이 꿈틀대는 사내의 입에서 끔찍한 비명이 터져 나왔다.

풍월이 사내의 몸을 휙 던졌다. 사내의 몸이 묵인건을 향해 일직선으로 날아갔다.

묵인건 곁에 섰던 초의가 한 걸음 앞으로 나서더니 그대로 검을 휘둘렀다.

사내의 몸이 허리께에서 정확하게 반으로 갈리며 사방에 피 분수를 뿌렸다.

수하의 몸을 양단한 초의가 무표정한 얼굴로 처음의 위치로 돌아갔다.

"무섭네. 그래도 동료인 것을."

풍월은 일말의 동요도 없이 아군을 베어버리는 적의 손속에 적지 않게 놀랐다.

"은 형 말대로 확실히 대단한 놈들이네요. 분위기도 매혼루

의 살수들하고 비슷한 것이 무인이라기보다는 꼭 살수들 같습니다."

풍월이 자신을 따라 나선 은혼을 돌아보며 말했다.

한데 은혼의 반응이 이상했다. 그는 풍월의 말에 별다른 대꾸도 없이 황망한 눈길로 적들을, 정확히는 묵인건을 바라보고 있었다.

"아는 사람입니까?"

풍월이 물었다. 은혼이 묵인건에게 시선을 고정시킨 채 고개를 끄덕였다.

은혼의 반응에서 단순히 아는 사이가 아니라는 것을 간파한 풍월이 묵인건을 힐끗 바라본 후 짧게 말했다.

"불편하면 뒤로 빠져요."

"아, 아닙니다."

화들짝 놀란 은혼이 묵인건을 향해 움직이려는 풍월의 앞을 막아섰다.

"무슨 뜻입니까?"

풍월이 조금은 불쾌한 얼굴로 물었다.

"잠시만 기다려 주십시오."

은혼은 풍월의 대답도 기다리지 않고 몸을 날렸다.

초의가 움직이려는 찰나 묵인건이 그를 제지했다.

"오랜만에 뵙습니다, 묵 선배."

"역시, 내가 잘못 본 것은 아니었군. 오랜만이네."

오랜만에 만나 반가울 만도 하지만 두 사람의 얼굴에 공통적으로 떠오른 것은 곤혹감이었다.

"설마하니 이런 곳에서 묵 선배를 만나게 될 줄은 꿈에도 몰랐습니다."

"그건 내가 할 말이지. 묵영단의 실세가 어째서 이런 궁벽한 곳까지 납신 거지?"

"묵영단의 일을 묵 선배께 보고할 의무는 없습니다만."

은혼의 퉁명스러운 반응에 묵인건의 미간이 꿈틀댔지만 그뿐이었다.

"한데 묵 선배는 어째서 여기에 계신 겁니까?"

"나는 보고를 해야 하나?"

묵인건이 비릿하게 웃음과 함께 반문했다.

"뭐, 상관은 없습니다. 묵 선배가 어째서 이곳에 계신 것인지는 이미 파악을 했으니까요. 다만 궁금하군요. 묵 선배의 이런 행동이, 흑룡묵가가 항주에서 은밀히 도모한 일이 군사께, 아니, 궁주님께 보고가 되었는지가요."

"……."

"설마 아무런 보고도 없이 독단으로 벌인 짓입니까?"

은혼이 어이가 없다는 얼굴로 물었다.

"우리에게도 그만한 재량은 있다고 보는데."

"그럴까요? 뭐, 아주 없다고 하기엔 그렇군요. 그래도 함부로 자신하진 마시지요. 최종 판단은 위에서 합니다."

"……."

묵인건의 얼굴이 살짝 일그러졌다. 하지만 뭐라 반박을 할 수가 없었다. 은혼은 충분히 그런 말을 할 자격이 있는 사람이었다.

"우리가 어찌했으면 좋겠나?"

"당장 물러나시지요. 이곳에서, 나아가 항주에서."

묵인건의 눈빛이 차갑게 가라앉았다. 은혼이 그것을 놓치지 않았다.

"왜요? 살인멸구라도 하시렵니까? 묵 선배의 실력이면 당장은 가능하겠지요. 그런데 묵영단의 눈을 완벽하게 피할 수 있을 것 같습니까? 단언코 말하건대 절대로 피하지 못합니다. 그 이후의 일을 감당할 수 있을지 모르겠네요."

은혼의 말대로 잠시나마 나쁜 마음을 품었던 묵인건은 이내 마음을 접었다.

은혼의 말대로 당장은 몰라도 묵영단이 본격적으로 조사를 했을 때 그들의 이목을 피할 자신이 없었다. 그 결과가 자신 한 사람으로 끝나지 않는다는 경고도 무겁게 다가왔다.

생각은 길지 않았다.

"자네 말대로 하지. 물러나겠다."

"현명한 결정에 감사드립니다."

은혼이 정중히 허리를 숙였다.

묵영단의 위치 덕분에 큰소리를 칠 수는 있었지만 패천마궁을 떠받치는 기둥 중 하나인 흑룡묵가, 그리고 흑룡묵가에서도 세 손가락 안에 꼽히는 묵인건은 결코 함부로 할 수 없는 사람이기 때문이었다.

"숙부님! 물러나다니요?"

못마땅한 표정으로 두 사람의 대화를 지켜보던 묵왕이 언성을 높였다.

"일 크게 만들지 말고 조용히 해라."

"그동안 들인 시간과 돈은 어찌하고요?"

묵인건은 묵영단이 어떤 위치인지 제대로 파악을 하지 못하는 묵왕의 모습에 짜증이 솟구쳤다.

"그만하라고 했다. 꼭 화를 내야만 하겠느냐?"

묵인건의 노한 모습에 묵왕의 목이 움츠러들었다.

"아, 알겠습니다."

어쩔 수 없이 고개를 숙였지만 묵왕의 가슴 속에선 주체할 수 없는 화가 불끈불끈 솟았다.

묵왕이 이글거리는 눈빛으로 이 모든 일의 원인이라 할 수 있는 풍월을 쏘아보았다.

[네가 추룡관주의 조카라는 놈이냐? 운이 좋은 새끼구나.

하지만 안심하지 마라. 조만간 네놈은 물론이고 이 쓰레기 같은 곳까지 아예 흔적도 없이 지워 버려 줄 테니까.]

풍월의 시선이 전음을 보낸 묵왕에게 향했다.

은혼이 묵인건과 대화를 나눌 때부터 그다지 좋지 않은 표정을 짓고 있던 풍월의 표정을 보고 묵왕은 그것이 자신들에 대한 두려움이라고 착각하고 말았다.

[두려우냐? 두려우면 네 앞에 있는 사람의 옷자락을 붙잡고 계집처럼 매달려서 울던지. 크크크!]

묵왕은 나름 격장지계를 펼쳤다.

독심회를 박살 낸 것도 그렇고 참혼단원까지 제압할 정도면 어느 정도 실력은 있다는 것. 무인으로서 자존심이 있다면 은혼에게 고자질을 하지는 못할 것이라 여긴 것이다. 또한 번의 큰 착각이었다.

"거기까지."

풍월의 갑작스러운 외침에 모두의 시선이 그에게 쏠렸다.

"계집처럼 울며 매달리진 않아. 그러니까 걱정하지 마라."

묵왕을 향해 피식 웃어준 풍월이 눈을 동그랗게 뜬 채 불안한 표정으로 자신을 바라보고 있는 은혼에게 말했다.

"아까부터 말을 하려다 참았는데 이제 좀 해야겠네요."

"마, 말씀하십시오."

은혼이 자신도 모르게 침을 꿀꺽 삼켰다.

"은 형과 저치들의 관계가 어찌 되는지 모르지만 나를, 추룡무관을 지우려고 온 자들입니다. 그냥 말 몇 마디로 돌려보낼 생각은 없습니다."

"푸, 풍 공자……."

은혼의 얼굴이 당혹감으로 가득 찼다.

최악의 상황을 피해보고자 묵인건과 안색까지 붉혔건만 풍월의 반응을 보니 전혀 의미가 없는 것 같았다.

"더구나 추룡무관의 입장에서 은성무관과 해령보의 몰락을 완전히 모른 체할 수도 없지요. 무엇보다!"

풍월의 표정이 살벌해지기 시작했다.

"태어나 처음 찾은 외가에 제대로 흙탕물을 튀긴 놈들입니다. 무열 형님이 저들로 인해 어떤 꼴을 당했는지 모르지 않을 텐데요."

그랬다. 은혼과 묵인건의 대화를 듣는 내내 풍월의 표정이 그다지 좋지 않았던 이유는 묵왕의 추측과는 전혀 반대의 의미였다.

애당초 묵인건과 묵왕 일행을 그대로 돌려보낼 생각이 없었던 풍월은 은혼과 묵인건이 관계가 있다는 것 자체가 불편했다. 그래도 그동안 은혼이 자신을 위해 애쓴 것도 있고 나름 정도 깊어졌기에 어지간하면 넘어가려 했다.

한데 그걸 전혀 모르는 묵왕이 풍월의 마음에 제대로 불을

질러 버린 것이다.

"고, 공자."

"이제부터는 제 일입니다. 끼어들지 마십시오."

풍월이 냉정하게 선을 그었다.

"건방진 놈."

묵왕이 비릿한 미소를 지으며 한 걸음 나섰다.

자신이 원한 구도가 완성되자 내심 기쁜 마음이 들었다.

묵왕의 움직임에 따라 어느새 주변을 에워싼 참혼단원들이
험한 살기를 뿜어냈다.

"난 흑룡묵가의 묵왕이다."

어깨를 쫙 펴며 거들먹거린 묵왕이 풍월을 향해 물었다.

"넌 뭐냐?"

풍월은 대답 대신 곤란한 표정을 짓고 있는 은혼을 향해
고개를 돌렸다.

우거지상을 하고 있는 은혼을 보자 굳어 있던 차가운 풍월
의 눈가에 살짝 온기가 돌았다.

"나? 굳이 통성명까지 할 필요는 없을 것 같은데."

은혼을 힐끔 쳐다본 묵왕이 어깨를 으쓱거렸다.

"상관은 없다. 그저 네놈 묘지명에 이름은 새겨줘야 할 것
같아서 물어봤을 뿐이다."

묵왕이 몸에 두르고 있던 장삼을 풀어헤쳤다.

한눈에 보아도 고급스럽기 짝이 없는 무복과 무복 사이로
탄탄한 근육이 드러났다.

"호오!"

풍월의 입에서 야유인지 탄성인지 모를 외침이 흘러나왔다.

"몸뚱이는 제법 단단해 보이네. 뭐, 그건 확인해 보면 알 것
이고."

풍월이 비릿하게 웃으며 몸을 돌렸다.

그 웃음에 불안감을 느낀 은혼이 슬며시 말을 덧붙였다.

"실수로라도 죽이시면 안 됩니다."

"가만있는 사람을 먼저 건드린 건 저놈들입니다. 의당 대가
를 받아야지요."

풍월이 묵왕을 향해 턱짓을 하자 은혼이 기겁하며 입을 열
었다.

"구문칠가삼방이루, 패천마궁이 휘하로 두고 있는 핵심 세
력을 그렇게 일컫습니다. 그리고 흑룡묵가는……."

"칠가에 속한다고요?"

"예."

"그래서요?"

"예?"

은혼이 두 눈을 동그랗게 떴다.

"방금 말했잖아요. 먼저 건드린 건 저놈들이라고. 설마 패

천마궁에 속한 자들이면 어떠한 짓을 해도 용서해야 한다는 뜻은 아니겠지요?"

"아, 아닙니다. 전 다만……."

은혼이 말을 더듬자 풍월이 피식 웃으며 손짓했다.

"그러니까 물러나 있어요. 대충은 알잖아요, 내 성격. 그리고 은 형이나 저치나 크게 착각하는 것이 있는데……."

말이 채 끝나기도 전에 풍월의 신형이 순간적으로 흐려졌다.

쾅!

거친 충돌음과 함께 묵왕의 단단한 몸뚱이가 반으로 꺾였다.

"난 패천마궁의 사람이 아닙니다."

풍월이 꺾인 묵왕의 몸을 그대로 걷어차 버렸다. 묵왕의 몸이 훌쩍 날아가 무참히 처박혔다.

"어째 자꾸 잊는 것 같아서요."

풍월이 멍한 표정으로 바라보는 은혼을 향해 씨익 웃음을 보였다.

"그래도 영 한심한 놈은 아닌 것 같네요. 힘을 조금 뺐다고는 해도 제대로 꽂았는데도 저렇게 멀쩡한 걸 보면."

은혼이 풍월의 시선을 따라 고개를 돌렸다.

거의 삼 장을 날아가 처박혔던 묵왕이 어느새 벌떡 일어나

씩씩거리며 달려오고 있었다.

"뒈졌어!"

성질을 이기지 못해 먼지투성이가 된 무복을 거칠게 찢어 버리며 돌진하는 묵왕. 구릿빛 피부에 불퉁하게 올라온 근육이 마치 성난 멧돼지를 연상케 했다.

굳이 부딪칠 필요가 없다고 여긴 풍월이 슬며시 발걸음을 놀리며 묵왕의 주먹질을 피했다.

풍월의 움직임은 물 흐르듯 유연하면서도 바람처럼 날랬다.

매화보와 섬환보의 장점만을 취합해 고심 끝에 만들어낸 뇌운보(雷雲步)였다.

흑룡묵가의 후계자를 자처하는 묵왕도 만만치는 않았다. 조금 전 흥분하여 돌진하던 모습은 이미 사라졌다.

단 몇 번의 움직임만으로도 흥분해서 될 상대가 아니라는 것을 깨달았다.

생각보다 쉽지 않을 것이란 생각이 들었지만 패배란 단어는 뇌리에 존재하지 않았다.

'천강대력(天剛大力)의 힘이 나를 지키는 한 쉽게 당하지 않는다.'

십이성에 이르면 도검 따위에는 생채기도 입지 않는다는 천강대력이다. 비록 십이성이 아니라 구성에 멈추기는 했지만 그

것만으로도 충분했다. 어지간한 공격엔 타격이 없다는 것은
이미 충분히 경험을 했다.

마음을 다잡은 묵왕이 어떻게든 풍월의 움직임을 따라잡기
위해 이를 악물었다.

"이 싸움, 빨리 말려야 합니다."

은혼이 냉정한 시선으로 두 사람의 싸움을 지켜보는 묵인
건에게 달려와 말했다.

"한심한 소리. 이미 말릴 수 있는 시기는 지났어."

"그래도 해야 합니다. 머뭇거리다간 천추의 한을 남길 수도
있습니다."

은혼의 경고에 묵인건의 몸이 흠칫했다. 그가 아는 한 은혼
은 헛된 말을 내뱉는 자가 아니다.

"누군가, 저자는?"

묵인건이 풍월의 움직임에 시선을 고정시킨 채 물었다.

들소처럼 달려드는 묵왕의 공세를 손쉽게 피하며 장난치듯
역공을 하는 풍월의 움직임은 확실히 자신조차 감탄을 금치
못할 정도로 대단했다.

"화산괴룡. 들어보셨습니까?"

"화산… 괴룡?"

가만히 이름을 읊조리던 묵인건이 고개를 홱 돌렸다.

"이번 화산검회에서 큰 문제를 일으켰다는 화산검선의 제

자, 맞나?"

"예, 맞습니다. 동시에 철산마도 노선배님의 후계자이기도 하죠."

순간 묵인건의 눈이 경악으로 부릅떠졌다.

"지금 뭐라 했나? 철산마도라 했나?"

"예, 풍 공자가 바로 철산마도 노선배님의 후계잡니다. 제가 이곳에 있는 이유도 풍 공자를 궁주님께 데려가기 위함입니다."

"맙소사!"

묵인건의 입에서 경악성이 터져 나왔다.

문득 항주 저잣거리에 지금도 떠돌고 있는 이야기가 떠올랐다.

몇 달 전 철산마도의 후예가 쟁자수로 맹활약을 했다는 믿기 힘든 소문이었다.

그 소문의 주인공이 눈앞에 나타났다.

은혼이 어째서 그토록 초조한 모습을 보였는지 비로소 이해가 갔다. 누가 승리를 거두건 양측에 모두 부담일 수밖에 없는 상황인 것이다.

"하지만 저렇듯 불이 붙었으니 당장 방법이……."

치열한 공방을 주고받는 두 사람을 향해 고개를 돌리던 묵인건이 갑자기 입을 다물었다.

잠깐 시선을 돌린 사이 싸움의 양상이 완전히 변해 있었다.

저돌적으로 돌격하는 묵왕의 공격을 몇 번 받아주던 풍월이 아예 힘으로 그를 찍어 눌러 버리기 시작한 것이다.

묵왕이 천강대력의 힘으로 몸을 보호하고 있다지만 풍월이 시전하는 뇌격권 또한 강맹하기 짝이 없는 것. 완벽하지 못한 천강대력의 힘으로 버티는 것은 분명 한계가 있었다. 더구나 풍월에겐 뇌벽권만 있는 것이 아니었다.

매섭게 후려치던 풍월의 공격에 살짝 변화가 왔다.

묵인건은 그것이 화산의 산화무영수라는 것을 단번에 알아봤다. 그리고 얼마나 위험한 무공인지도.

"위험하다!"

묵인건이 지체 없이 몸을 날리며 소리쳤다. 하지만 그가 두 걸음을 채 내딛기도 전, 산화무영수가 묵왕의 전신을 두들겼다.

안마를 하듯 가벼운 손길에 묵왕의 몸이 급격하게 휘청거렸다.

뇌벽권의 강맹한 공격에도 나름 잘 버텨냈던 것을 감안하면 이해가 되지 않을 상황이었으나 다급히 풍월의 앞을 막아서는 묵인건이나 은혼은 그 이유를 정확하게 파악하고 있었다.

쿵.

비틀거리던 묵왕이 이내 정신을 잃고 쓰러졌다. 쓰러진 그의 칠공에서 피가 흘러나오기 시작했다.

묵인건은 묵왕이 쓰러지는 소리를 들으며 눈을 질끈 감았다.

'내가중수법!'

침투경을 이용해 강맹한 외부가 아닌 그 속을 박살 내버리는 절정의 기술.

모르긴 몰라도 지금 묵왕의 내부는 엉망이 되어 있을 터였다.

"손속이 아주 잔인하구나."

묵인건이 분노로 일그러진 표정으로 외쳤다.

"담장을 넘은 도적이 할 말은 아니라고 봅니다만."

풍월이 어깨를 들썩이며 가소롭다는 듯 대꾸했다.

"도적?"

기가 막혔다. 흑룡묵가의 사실상 이인자로 지금껏 어딜 가도 이런 대접을 받아본 적이 없었다.

"은 형에게 고마워하시죠. 아예 숨통을 끊어버리려다 말았으니까."

풍월은 다급히 달려온 초의가 묵왕을 살피는 것을 힐끗 바라보며 차갑게 웃었다.

"그 은혜, 내가 갚도록 하지."

묵인건의 묵직한 외침에 은혼은 두 눈을 감고 말았다.

목숨을 구했다지만 칠공에서 피를 흘리는 묵왕의 상세는 보통 심각한 것이 아니었다.

흑룡묵가의 유력한 후기지수가 반병신이 되었고 세가의 어른이 그 복수를 하겠다는 상황이다. 패천마궁에서 묵영단의 위치가 결코 만만치는 않았으나 지금 같은 상황에서 묵인건을 막을 명분이 없었다.

자신이 패천마궁의 사람이 아님을 정식으로 천명했기에 풍월을 데리고 오라는 궁주님의 명을 명분으로 들이대기도 약했다.

무엇보다 지금 상황에서 묵인건을 무조건 막는다는 것은 그의 자존심에 치명적인 상처를 안기는 것이다. 이는 설사 패천마궁의 궁주라도 부담이 되는 일이었다.

결국 은혼이 지금 할 수 있는 것은 그저 최대한 빨리, 그리고 무사히 싸움이 끝나기를 바라는 것뿐이었다.

내심 조금은 궁금하기도 했다.

흑룡묵가에서 세 손가락 안에 드는 묵인건을 상대로 풍월이 어느 만큼의 실력을 보여줄 것인가. 화산검회를 난장판으로 만들었을 때 보여주었던 신위라면 묵인건과 좋은 승부가 될 것이라 여겼다.

"저 아이의 몸을 저리 만든 무공이 아마 산화무영수였지?

화산의 무공은 오랜만이군."

묵인건이 천천히 자세를 잡으며 말했다.

풍월의 눈에 의문이 깃들자 묵인건이 비릿한 미소를 지으며 말을 이었다.

"이십 년 전, 화평연에서 화산파 제자를 상대했었다."

묵인건의 전신에서 강맹한 기운이 끓어오르기 시작했다.

"죽이진 않는다. 정확히 그때 상대했던 화산파 제자 놈처럼 만들어주겠다."

"배려심에 눈물이 날 것 같기는 한데 그게 가능할지 어디 마음대로 해보시구려."

당시 화산파 제자의 사지가 박살이 났고 결국 그 후유증으로 목숨을 잃었다는 것을 알 리 없는 풍월이 가볍게 손짓했다.

풍월의 말이 끝나기도 전 묵인건의 신형이 화살처럼 쏘아졌다. 조금 전 묵왕보다 최소한 두 배는 빠른 움직임이었다.

매화보나 섬환보론 감당이 안 된다고 판단한 풍월이 곧바로 뇌운보를 시전하며 거리를 벌리려고 했지만 눈앞의 상대는 그의 예상을 뛰어넘었다.

우우웅!

묵직한 파공성과 함께 주먹의 형상을 띤 강기가 짓쳐들

었다.

헛바람을 내뱉은 풍월도 주먹을 뻗었다.

쾅!

강력한 충돌음과 함께 풍월의 몸이 휘청거렸다.

뇌격권도 강맹하기 짝이 없었지만 묵인건이 발출한 권강에 비할 바는 아니었다.

풍월은 주먹이 깨질 듯한 충격을 받으며 입술을 깨물었다. 가슴 아래 뭔가 울컥한 것이 내상의 조짐도 보였다.

위기는 끝난 것이 아니다.

묵인건이 사용하는 무공은 흑룡묵가의 독문절기 구룡연환권(九龍連環拳)이다.

마도 서열 육 위에 올라 있을 정도로 뛰어난 무공이었는데 한 번 펼칠 때마다 연속적으로 쏟아지는 권격이 폭풍처럼 느껴진다고 하여 달리 폭풍권(暴風拳)이라 불리기도 했다.

그리고 지금 풍월은 구룡연환권이 어째서 마도 서열 육 위에 올라 있는지, 또 폭풍권이라 불리는지 제대로 경험하고 있었다.

쾅! 쾅! 쾅!

권격이 훑고 지나갈 때마다 폭음이 터지는 소리와 함께 풍월의 몸이 휘청거렸다.

강대강, 뇌격권으론 답이 없다고 판단한 풍월은 필사적으

로 발걸음을 놀리며 난화수를 펼쳤다.

공격적인 위력은 산화무영수가 뛰어날지 몰라도 공수 균형을 감안한다면 난화수가 보다 조화를 이뤘다.

특히 유능제강의 원리가 담겨 있는 초식들은 구룡연환권의 강맹한 힘을 적절히 희석시키면서 풍월이 치명상을 입는 것을 방지했다.

그럼에도 불구하고 풍월이 입는 타격은 심각했다.

옷은 순식간에 걸레 조각으로 변했고 봉두난발된 머리카락은 움직일 때마다 미친년이 널뛰는 것처럼 정신없이 흩날렸다.

마침내 폭풍처럼 몰아치던 묵인건의 공세가 살짝 약해졌다.

그 틈을 놓치지 않은 풍월이 죽을힘을 다해 상대의 공격권에서 벗어났다.

묵인건은 물러나는 풍월을 굳이 무리해서 쫓지 않았다.

구룡연환권은 그 위력만큼이나 시전자 또한 막대한 체력과 내력의 소모를 가져오는 터라 차라리 앞으로의 싸움을 위해 숨을 돌리는 선택을 한 것이다.

"괜… 찮습니까?"

은혼이 자신의 곁에서 거칠게 숨을 몰아쉬는 풍월을 걱정스러운 눈길로 바라보았다.

두 사람의 싸움은 확실히 대단했다.

화산괴룡을 무자비할 정도로 몰아붙이는 묵인건의 공격력은 소문 이상이었고 그걸 큰 부상 없이 막아내는 풍월의 실력 또한 예상치를 뛰어넘는 것이었다.

하지만 누가 봐도 승기는 묵인건에게 기울었다.

조용히 호흡을 가다듬는 묵인건에 비해 거친 숨을 몰아쉬는 풍월의 꼴이 말이 아니기 때문이었다.

외적으로 드러나는 자잘한 부상도 부상이었지만 입가를 타고 흐르는 선홍빛 선혈은 그가 만만치 않은 내상을 당했다는 것을 간접적으로 보여주고 있었다.

"강하네요. 아차 하는 순간 골로 갈 뻔했어요."

풍월의 웃음을 보자 괜히 화가 치밀었다.

"지금 웃을 땝니까?"

은혼이 버럭 소리를 질렀다. 깜짝 놀란 눈으로 은혼을 바라보던 풍월이 피식 웃으며 말했다.

"이렇게 노골적으로 저를 응원하면 나중에 문제 생기지 않겠습니까?"

"지금 그게……"

"검이나 줘봐요."

"예?"

"저렇게 필사적으로 나오는데 나도 제대로 해야지요. 그렇

다고 풍뢰도법을 쓰기는 좀 그렇잖아요. 화평연에서 화산파 제자를 박살 냈다고 자랑을 해대니 그 또한 모른 체할 수는 없는 것이고."

풍월은 은혼이 뭐라 대꾸를 하기도 전 그가 들고 있는 검을 빼앗듯이 낚아챘다.

"좋은 검이네요."

짧은 감탄과 함께 멍한 얼굴로 바라보는 은혼에게 검집을 돌려준 풍월이 검을 사선으로 늘어뜨렸다.

검을 질질 끌듯하며 다가오는 풍월의 모습에 묵인건은 조금 전과는 비교도 할 수 없는 압박감을 받았다.

'훗! 과연 검선의 후예라는 건가.'

제법 거리가 있음에도 전신에 전해지는 찌릿찌릿한 느낌은 소름이 끼칠 정도였다.

'한데 좌수검?'

화산검선이 좌수검을 용인했다는 것 자체가 이해가 되지 않았다.

그럼에도 불구하고 화산검회에서 떨친 신위(?)가 세간에 화제가 되고 있다는 것은 좌수검으로 기대 이상의 실력을 보여 줬다는 것을 의미했다.

주체할 수 없는 호승심이 치밀어 올랐다.

정사마를 떠나 존경과 동경의 대상이라 할 수 있는 화산

검선.

비록 당사자는 아니더라도 그의 무공을 이어받은 후계자와
대결한다는 것은 실로 가슴 뛰는 일이었다.

제26장

개방(丐幫)의 눈은 천하를 덮는다

풍월과 묵인건이 삼 장의 거리를 두고 마주했다.

검을 든 풍월과 오직 두 주먹뿐인 묵인건.

서로가 내뿜는 투기가 연무장을 뜨겁게 달궜다.

그들과 같은 고수에게 삼 장 정도의 거리는 의미가 없었다.

눈 깜짝할 사이에 승부가 갈릴 수도 있다는 것을 알기에 이들을 지켜보는 모든 이들의 눈에 긴장감이 서렸다.

풍월의 검 끝이 살짝 움직였다.

움직였다고 느끼는 순간, 이미 그의 한줄기 검기가 허공을 가르고 있었다.

묵인건의 주먹도 곧바로 반응했다.

조금 전, 풍월을 곤란케 만든 구룡연환권이었다.

검을 든 풍월의 기세는 이전과 판이했다. 기세에서 밀리면 안 된다는 듯 구룡연환권의 절초를 잇달아 펼쳐 냈다.

묵인건에게 날린 검기가 흔적도 없이 사라지고 오히려 무시무시한 권강이 날아들자 풍월이 곧바로 검을 회수하며 매화비류와 화류정점을 연속적으로 펼쳤다.

꽝! 꽝! 꽝!

격렬한 충돌음이 연이어 들리고 풍월이 위태롭게 뒷걸음질 쳤다.

걸음을 내딛을 때마다 땅이 푹푹 파이는 것이 그가 지금 받고 있는 압력이 얼마나 강력한 것인지 알 수 있었다.

폭풍처럼 몰아치는 묵인건의 권강은 아예 끝장을 보겠다는 듯 풍월이 움직일 수 있는 모든 방향을 선점하며 짓쳐들었다.

하지만 매화비류와 화류정점으로 권강을 막아낸 풍월의 검이 자색으로 물들기 시작하며 상황이 반전되기 시작했다.

화산에서도 오직 극소수만이 익힐 자격이 주어진다는 자하검법(紫霞劍法). 특히 자하신공을 바탕으로 펼쳐지는 자하검법은 무림을 통틀어 능히 세 손가락 안에 꼽힐 수 있는 절세의 검법이다.

묵인건의 얼굴이 고통으로 일그러졌다.

권강이 무력하게 파훼되면서 그 타격이 묵인건에게 밀려들었다.

이를 악물고 구룡연환권 중에서 가장 파괴력이 강한 구룡토주(九龍吐珠)를 펼쳤다.

묵인건의 주먹에서 발출된 권강이 풍월의 검과 정면으로 충돌했다.

귀청을 찢는 듯한 폭음과 함께 묵인건의 신형이 그대로 날아갔다.

내원과 이어진 담벼락이 아니었다면 꽤나 낭패스러운 모습을 보일 뻔한 묵인건이 가슴을 부여잡고 피를 토했다.

바닥을 붉게 물들이는 피의 양이 상당했다.

묵인건은 입을 타고 흐르는 피를 닦으며 풍월을 노려보았다.

'강하다.'

단 몇 번의 충돌이었지만 묵인건은 풍월의 힘을 정확하게 느낄 수 있었다.

권장만으로 상대했던 풍월과 검을 든 풍월은 전혀 다른 사람이었다. 게다가 같은 초식을 사용하더라도 기존의 검로를 무시한 좌수검의 궤적은 그 변화를 예측하기가 몹시 까다로웠다.

한줄기 파공성과 함께 또다시 공격이 날아들었다.

찰나지간, 십이성에 이른 천강대력으로 공격을 받아내고 역공을 펼치면 어떨까 하는 생각이 들기도 했지만 본능이 이를 거부했다.

머리가 판단하기도 전에 몸이 이미 회피를 시작했다.

그 잠깐의 망설임이 치명타가 되어 돌아왔다.

허공을 가르며 짓쳐든 자색 기운을 분명 피했다고 여겼건만 허리춤에서 극통이 밀려들었다. 쩍 벌어진 상처에서 내장의 모습이 살짝 비쳤다.

묵인건의 눈동자가 크게 흔들렸다.

고통도 고통이었으나 무엇보다 믿기 힘든 결과에 놀란 것이다.

대성하면 그야말로 금강불괴의 경지에 이른다는 천강대력이 이토록 무력하게 뚫릴 줄은 상상도 하지 못했다. 천강대력의 힘을 믿고 역공을 펼치지 않았던 것이 얼마나 다행인지 몰랐다.

'여기서 밀리면 끝장이다. 자칫하면 아무것도 해보지 못하고 당한다.'

숨이 끊어질 수도 있다는 위기감이 묵인건의 전신을 휘감았다.

그 위기감이 그에게 실로 대담한 시도를 하게 만들었다.

온 세상을 붉게 물들이며 날아드는 풍월의 공세에 당당히

맞서는 묵인건의 왼쪽 팔이 어느 순간 투명하게 빛났다.

묵인건은 단 한 번의 공방에 모든 것을 걸었다.

왼쪽 팔에 천강대력의 모든 힘을 집중시켜 풍월의 공격을 받아내고 최후의 일격을 노렸다.

작전은 나름대로 성공을 거뒀다.

오롯이 충격을 감당해 낸 왼쪽 팔이 산산조각이 나며 망가졌지만 그 덕에 풍월의 아랫배에 일격을 안겨줄 수 있었다.

풍월은 살을 내주고 뼈를 취하려는 묵인건의 극단적인 작전에 살짝 당황하고 말았다. 호신강기로 보호를 했음에도 일격을 허용한 아랫배에서 전해지는 고통이 상당했다.

풍월이 살짝 뒷걸음질 쳤다.

묵인건의 눈동자가 번뜩였다.

하늘이 준 마지막 기회였다.

묵인건은 감각 자체가 느껴지지 않는 왼팔의 상세는 어찌되었는지 알아볼 겨를도 없이 무섭게 돌진하며 주먹을 내지르기 시작했다.

'대단하네.'

풍월은 상대를 인정했다. 인정한 상대를 위해서라도 최선을 다해야 했다.

자하신공을 전력을 끌어올리며 검을 휘둘렀다.

붉은 섬광이 폭발할 듯 비산하며 묵인건을 집어삼켰다.

대기를 가르는 파공성 없었다.

충돌음도 들리지 않았다

싸움을 지켜보는 모든 이들의 움직임이, 눈동자는 물론이
고 심지어 호흡 소리마저 멈췄다.

진공 상태와도 같았던 찰나의 시간이 흘렀다.

"크악!"

외마디 비명과 함께 허공에 뜬 묵인건의 신형이 연무장 외
곽의 담벼락을 무너뜨리며 쓰러졌다.

묵인건의 몸에 실린 힘을 감당하지 못한 담벼락이 연쇄적
으로 무너져 내렸다.

그것으로 끝이었다. 무너진 담벼락에 깔린 묵인건은 더 이
상 움직이지 못했다.

"어서 뫼셔라!"

초조하게 싸움을 지켜보던 초의의 외침에 참혼단원 셋이 묵
인건에게 달려갔다.

수하에게 명을 내린 초의가 풍월을 향해 검을 뽑았다. 대기
하고 있던 참혼단원들 전원이 초의를 따라 검을 곧추세웠다.

그들이 뿜어내는 무시무시한 살기가 연무장을 가득 채웠지
만 풍월은 일말의 동요도 하지 않았다. 오히려 비릿한 미소로
그들을 도발할 뿐이었다.

"멈춰라."

은혼이 개입을 했다.

"그대는 누군가?"

은혼이 초의에게 물었다. 잠시 갈등하던 초의가 입을 열었다. 마냥 무시하기엔 묵영단이란 이름이 주는 부담감이 너무 컸다.

"참혼단주 초의."

"참혼단이라……. 처음 듣는데. 재밌네. 흑룡묵가에서 묵영단도 눈치채지 못한 힘을 키우고 있을 줄이야."

"……."

"아무튼 그거야 각자들 알아서 할 일이니까 상관할 바는 아니라 치고. 문제는 지금의 상황인데 설마 공격을 하려는 건가?"

초의는 여전히 대답하지 않았다.

"묵 선배까지는 참을 수 있다. 어찌 되었거나 내가 존경하는 분이니까. 풍 공자도 그걸 원했고. 그런데 당신들은 아니지. 당신들이 움직이면 우리도 움직인다. 물론 실력은 부족할 수 있어. 하지만 알고 있겠지? 난 지금 군사님과 궁주님의 명을 받고 움직이는 몸이라는 것을. 어때, 궁주님의 노여움을 감당할 수 있을까? 당신들이, 흑룡묵가가 말이야."

궁주의 노여움이란 말에 초의의 눈동자가 크게 흔들렸다. 그들이 하늘처럼 여기는 흑룡묵가 역시 따지고 보면 한낱 패

천마궁의 휘하에 불과했으니까.

"난 그다지 상관은 없는데."

풍월이 초의를 향해 도발했다.

풍월의 읊조림을 애써 무시한 은혼이 빠르게 말을 이었다.

"제대로 판단을 하라고. 지금은 감당할 수 없는 일을 저지르는 것보다는 묵 선배의 부상을 살피는 것이 우선이라고 보는데. 저 친구의 상태도 좋아 보이지는 않고."

은혼이 여전히 정신을 차리지 못하고 있는 묵왕을 가리키며 말했다. 초의의 시선이 은혼을 따라 묵왕에게 머물다가 돌아왔다.

"무엇보다 지금 봤잖아. 당신들이 상대하려는 사람이 어떤 실력을 지녔는지. 더 말해줄까? 귀살곡주의 목을 날리고 혼자 매혼루를 공격했던 사람이야."

귀살곡주와 매혼루라는 말에 초의의 눈동자가 다시금 흔들렸다.

"절대 못 이겨. 그래도 이해를 못하겠다면 해보든가. 애당초 나나 내 수하들은 움직일 필요도 없어. 모조리 뒈질 테니까."

은혼이 단언하듯 말했다.

"……."

독기 가득한 눈빛으로 검을 어깨에 턱 걸친 채 웃고 있는 풍월을 한참이나 노려보던 초의가 결국 몸을 돌렸다.

"물러간다."

초의의 명에 몇몇이 불만스러운 표정을 드러내는 것 같기는 했지만 항명은 없었다.

조용히 초의를 지켜보던 은혼이 엷은 한숨을 내뱉었다.

"올바른 판단. 흑룡묵가를 그대가 살렸다."

초의는 은혼의 말에 대꾸도 하지 않고 걸음을 옮겼다.

정신을 잃은 묵인건과 묵왕을 수습한 참혼단이 서둘러 정문을 빠져나갔다. 이를 지켜보던 풍월이 은혼에게 다가왔다.

"저들이 흑룡묵가를 살렸는지는 잘 모르겠지만 저들을 살린 건 은 형입니다."

"풍 공자의 배려에 눈물이 앞을 가립니다."

어딘지 모르게 삐딱한 대꾸였다.

"그런데 은 형, 귀살곡주는 그렇다 쳐도 매혼루를 공격하진 않은 것 같은데요."

은혼이 고개를 홱 돌렸다.

"청부일지를 토해내지 않았으면 어차피 공격했을 것 아닙니까?"

"하하하! 그냥 그렇다고요. 누가 뭐랍니까?"

은혼의 까칠한 반응에 풍월이 멋쩍은 웃음을 흘렸다.

"아무튼 잘 썼습니다."

검을 건넨 풍월이 무너진 담벼락을 향해 걸어갔다.

"아, 이거 제대로 무너졌네. 외숙께 뭐라 말씀드리지."

풍월은 담벼락의 잔해를 들고 난처한 얼굴로 뒤통수를 북 북 긁었다.

은혼이 쓸데없는 걱정을 하는 그를 보며 몸을 부르르 떨 때였다.

"충분히 즐긴 것 같은데 이제 그만 나오지."

순간 은혼의 표정이 급격히 굳었다.

'이건 또 무슨 소리야!'

풍월의 말대로라면 누군가가 지금 자신들을 지켜보고 있다는 것. 한데 기척을 전혀 느낄 수가 없었다.

"직접 나오기 싫다면 나오게 해주는 수밖에."

담벼락의 잔해를 손바닥 위에 올려놓고 툭툭 튕기던 풍월이 왼쪽으로 몸을 홱 돌렸다. 동시에 누군가의 외침이 터져나왔다.

"잠깐!"

담벼락이 움직였다. 정확히는 담벼락에 납작 엎드려 있던 누군가가 벌떡 몸을 일으킨 것이다.

낯선 이의 존재를 확인한 은혼이 입을 쩍 벌렸다.

그가 움직이기 전까지 전혀 눈치를 채지 못했다. 어둠과 동화된 그야말로 완벽한 은신이었다.

"뭘 그리 서두르나. 이제 겨우 싸움이 끝났으니 한숨 돌려

도 될 터인데."

담벼락에서 뛰어내린 사내가 옷에 묻은 먼지를 툭툭 털며 느긋하게 걸어왔다.

대략 이십대 후반의 나이, 은신 때문인지 검은색 장삼을 걸치고 있었는데 호리호리한 몸매에 키도 훤칠했고 머리 위로 치솟은 달빛의 후광 때문인지는 몰라도 얼굴에서 빛이 난다고 말할 정도로 잘생겼다.

"흑룡묵가의 천풍권(天風拳)이라면 누구라도 인정하는 고수인데 참으로 대단하더군, 동생. 동 나이대에 천풍권을 이렇듯 쉽게 무너뜨릴 수 있는 사람은 동생을 제외하고는 단언컨대 한 사람도 없을 것이네."

"천풍… 권?"

풍월이 고개를 갸웃거리자 은혼이 나직이 말했다.

"묵 선배의 별호입니다."

"음, 딱 어울리는 별호긴 하네."

가볍게 고개를 끄덕인 풍월이 어느새 코앞에 이른 사내를 바라보며 물었다.

"누굽니까, 당신은?"

"나?"

사내가 갑자기 진지한 표정을 지으며 손을 모았다.

"무림의 떠오르는 신성, 한 번 보면 결코 잊을 수 없는 마성

의 남자. 개방의 구양봉이라 하네, 동생."

'허! 언제 봤다고 동생이라는 거야.'

스스로의 얼굴에 금칠을 하는 구양봉을 보며 풍월의 얼굴이 살짝 일그러졌다. 저잣거리에 돌아다니는 미치광이를 봤을 때 나타나는 표정이었다.

은혼은 달랐다. 구양봉이란 이름을 듣자마자 빠르게 그의 전신을 훑었다.

그리고 보았다. 허리춤에 달린 매듭을.

'하나, 둘, 셋… 여덟! 역시 내 생각이 맞았어.'

은혼의 얼굴이 경악으로 물들었다.

"설마하니 이런 곳에서 개방의 후개를 만나게 될 줄은 몰랐군."

은혼의 말에 구양봉의 낯빛이 환해졌다.

"하하하! 이 몸을 알아봐 주시는 분이 계셨구려. 묵영단에 계신다더니 역시 식견이 대단하십니다."

구양봉이 팔결 매듭을 툭툭치며 호탕하게 웃었다.

이번엔 은혼이 깜짝 놀랐다.

"어떻게……."

"개방의 눈은 천하를 덮습니다."

손발이 오글거리는 말을 아무렇지 않게 내뱉은 구양봉이 아직도 정신을 차리지 못하고 있는 풍월에게 고개를 돌렸다.

"그 어정쩡한 눈빛은 뭔가, 동생?"

"개방의 제자라면서……."

순간 웃음 가득했던 구양봉의 표정이 팍 일그러졌다.

"편견이라네. 개방의 제자들은 다 거지꼴로 다닐 것 같나? 남들보다 조금, 그래, 솔직히 많이 검소하기는 하지만 입을 거 입고 먹을 거 다 먹는 사람들이라네. 물론 백만 방도가 다 그렇다는 것은 아니야. 저잣거리를 떠도는 거지들 또한 개방이 품고 있는 소중한 방도이니."

은혼이 얄밉게 끼어들었다.

"백 명 중, 아니, 천 명 중 구백구십구 명 정도가 우리가 알고 있는 개방의 방도라고 보면 됩니다."

"어째 말을 함부로 하는 경향이 있습니다그려."

구양봉이 호랑이처럼 부리부리한 눈을 부라렸지만 은혼은 꿈쩍도 하지 않았다.

"그저 사실을 말했을 뿐이오."

두 사람의 대화가 격해진다고 여긴 풍월이 목소리를 높였다.

"중요한 것은 어째서 개방의 후개께서 이곳에 계시냐는 것이겠지요. 그것도 쥐새끼처럼 숨어서."

쥐새끼라는 말에 미간이 살짝 굳어졌지만 풍월의 음성에서 진심으로 짜증나는 기색을 느낀 구양봉은 화를 내는 대신 그

이유를 설명하기 시작했다.

"솔직히 동생이 이곳에 있을 줄은 꿈에도 몰랐네."

"그 동생이라는 말 좀……."

풍월이 질색을 했지만 구양봉은 아랑곳하지 않았다.

"사해는 다 동도요, 형제 아닌가. 설마, 아녀자들처럼 내외를 하자는 건 아니겠지? 아무튼 난 동생이 아니라 동생이 쫓아 보낸 흑룡묵가를 쫓아온 거라네."

"개방에서 그들을 쫓을 이유가 있었소?"

은혼이 슬쩍 넘겨 묻자 구양봉이 비웃음을 흘렸다.

"흠, 방금 그 말은 개방을 무시하는 건데. 뭐, 한 집안 사람을 보호하려는 의도로 이해하고 넘어가지요."

구양봉은 이마를 덮고 내려온 머리카락을 우아한 자태로 쓸어 넘기며 말을 이었다.

"몇 달 전 항주에서 묘한 일이 벌어진다는 보고가 있었네. 뒷골목 쓰레기들이 다른 곳도 아니고 항주의 밤거리를, 게다가 남문대로의 상권마저 집어삼키려 한다는 상식적으로 도저히 이해를 할 수 없는 보고였지. 해서 부랴부랴 내가 달려온 것이라네. 사실 이 정도의 일은 오결제자 수준에서 처리가 되어야 하는 것이 맞지만 놈들에게 당한 은성무관의 이청조 어른이 방주님과 친분이 두터워서 말이지. 방주가 어찌나 닦달을 해대는지 견딜 수가 없었어. 결국 이곳으로 달려올 수밖에

없었다네. 젠장, 천마돈가 지랄인가 때문에 한창 바쁠 때에."

풍월과 은혼이 천마도라는 말에 흠칫 놀라거나 말거나 땅
이 꺼져라 한숨을 내쉰 구양봉이 재차 말을 이어가려다 문득
생각났다는 듯 물었다.

"그런데 언제까지 이렇게 세워둘 셈인가? 불청객이긴 해도
손님이라면 손님인데 너무 야박하지 않은가, 동생."

"……."

"목이 말라서……."

태연스러운 그의 말에 풍월이 입술을 지그시 깨물었다.

"따라… 오세요."

"키야! 좋군. 역시 술은 소흥주야."

빈잔을 내려놓으며 쪼그라든 나물 무침을 거침없이 집어먹
는 구양봉의 얼굴엔 만족감이 가득했다.

은혼이 손에 묻은 양념을 쭉쭉 빨아먹는 그를 보며 한 소
리 해댔다.

"개방이네."

구양봉이 힐끗 노려보자 은혼이 짐짓 딴청을 피웠다.

"놈들의 공격 때문에 집에 사람이 없어 제대로 차린 게 없
네요."

풍월이 잔을 채우며 말했다. 일관되게 격의 없는 구양봉의

태도에 풍월 역시 처음의 까칠한 모습과는 달리 조금은 편안하게 그를 대했다.

"무슨 소릴! 이 정도면 진수성찬이지. 다 필요 없고 이것만 있으면 된다네."

구양봉이 소홍주를 흔들며 환히 웃었다.

세상의 그 어떤 여인이라도 홀딱 반할 정도로 멋들어진 웃음이었다. 이 사이에 낀 나물도 그의 잘남을 훼손하지는 못했다.

"그래서, 항주엔 언제 온 겁니까?"

"사흘 전에. 이미 어느 정도는 조사가 끝나 있었기에 바로 색주가를 살피기 시작했지."

"흑룡묵가가 개입되었다는 건 언제 알게 된 거요?"

은혼이 물었다.

"바로 알았지요. 색주가 전체를 감시하고 있던 그자들, 참혼단이라 했던 것 같은데. 실력이 만만치 않기는 했지만 그렇다고 걱정할 정도는 아니었으니까. 색주가를 샅샅이 뒤지다가 천풍권을 봤습니다. 그 애송이 놈은 누군지 몰라도 천풍권이야 요주의 인물이었으니까요. 근데 동생 이게 끝이야?"

눈 깜짝할 사이에 술병 세 개를 바닥낸 구양봉은 먹이를 원하는 새끼 새의 눈빛으로 머리를 쳐들다가 풍월이 아예 동이째 들고 오는 것을 보곤 환호성을 내질렀다.

"이건 소홍주가 아닙니다."

"상관없네. 술이면 되는 것이야."

"얘기나 계속해 봐요."

풍월이 술동이에 아예 머리를 처박으려는 구양봉의 옷깃을
잡아채며 설명을 재촉했다.

"이 작자들이 독심회의 쓰레기들을 이용해서 항주의 거리
를 집어삼키려는 것을 확인했지만 일단 신중해야 했지. 다른
곳도 아니고 패천마궁의 수족인 흑룡묵가야. 적절한 조치를
취하려면 보다 확실한 증좌를 잡아야 했지."

구양봉이 굳게 입을 다물고 있는 은혼을 힐끗 바라보았다.

"그런데 오늘 동생한테 독심회 놈들이 박살이 난 거야. 그
리고 흑룡묵가가 움직였지. 내 존재를 눈치챈 건지 몇 놈이
나를 유인하려고 했지만 흐흐흐! 나를 어찌 보고. 유인책에
빠진 것처럼 속아주곤 천풍권을 따라 이곳까지 왔다네. 그리
고 동생과 천풍권의 대결을 보게 된 거지. 동생이 화산괴룡이
라는 걸 알았을 때 얼마나 놀랐는지 모른다네. 매혼루와 드
잡이질을 하는 것처럼 보이더니만 오히려 힘을 합쳐서 귀살곡
을 박살 내더니 대체 이곳엔 언제 온 건가?"

"그건 어찌 알았습니까?"

풍월이 놀란 눈으로 묻자 구양봉이 어깨에 힘을 잔뜩 주며
말했다.

"내가 말하지 않았나? 개방의 눈은 천하를 덮는다고."

                    *   *   *

"묵인건? 지금 천풍권을 말하는 게냐?"

패천마궁 궁주 독고유가 놀란 눈을 치켜뜨며 물었다.

"그렇습니다."

"허! 천풍권이 박살이 났다는 것이냐? 무림에 얼굴을 들이
민 지 채 일 년도 되지 않는 애송이에게."

독고유가 순수한 감탄과 함께 찻잔을 들었다.

"확실히 싹수가 있는 놈이란 말이지. 철산마도 선배의 무공
을 제대로 이어받았어."

"천풍권을 쓰러뜨릴 때 사용한 무공은 화산검선의……."

독고유의 왼쪽 눈썹이 치켜 올라가는 것을 확인한 순후가
조용히 입을 다물었다.

못마땅한 얼굴로 순후를 힐끗 바라본 독고유가 거칠게 찻
잔을 내려놓으며 웃었다.

"그나저나 재밌구나. 흑룡묵가가 항주를 노렸다니 말이다."

별다른 보고 없이 단독으로 움직인 것에 대한 노여움은 전
혀 느껴지지 않았다. 애당초 패천마궁은 그 정도 자율권은 휘
하 모든 세력들에게 확실히 보장하고 있었으니까.

"근래 들어 흑룡묵가가 의욕적으로 세력을 키우고는 있었습니다. 아무래도 많은 비용이 들었을 겁니다."

"자금을 확보하기 위해 항주를 노렸다?"

"예."

"한심한 놈들. 기왕 시작했으면 제대로 하던가. 강호초출 애송이에게 당하기나 하고."

혀를 차고는 있었지만 독고유의 표정은 그렇게 나쁘지 않았다. 슬쩍 미소를 보이는 것이 어떤 면에서 기분이 좋아 보이기까지 했다.

'운이 좋군, 흑룡묵가.'

순후는 독고유의 미소를 보며 흑룡묵가에 큰 제재가 떨어지지 않을 것이라 짐작했다.

자율권은 충분히 보장한다. 다만 성공을 했을 때 문제 삼지 않는다는 것이지 지금처럼 실패를 했을 경우엔 다르다.

실패의 이유가 패천마궁이라는 울타리에 속한 아군이 아닌 외부의 요인, 특히 정무련과 관련이 있다면 그야말로 치도곤을 각오해야 했다.

항주를 노린 흑룡묵가는 실패했지만 그 실패의 원인에 철산마도의 후예라 할 수 있는 풍월에게 있다는 것만으로도 사실상 큰 문책은 없는 것이다. 독고유가 풍월을 내심 마음에 두고 있기에 더욱 그랬다.

"참, 이번에 그 친구에 대해 흥미로운 사실도 보고되었습니다."

"흥미로운 사실이라니?"

"그가 항주에 간 이유는 일전에 보고를 드렸습니다. 기억하시는지요?"

"그랬지. 흑룡묵가 놈들도 참 재수가 없어. 하필이면 그 녀석과 엮이다니."

독고유가 너털웃음을 터뜨렸다. 수족이나 다름없는 이들이 당했음에도 그저 재밌다는 반응이다.

"한데 그의 본가가 서문세가라는군요."

순간 독고유의 얼굴에서 웃음이 사라졌다.

"여기서 그 이름이 왜 나와?"

"……."

"누구의 자식이냐? 설마 서문진의 아들이냐?"

순후는 독고유가 당금 서문세가의 가주의 이름을 거론하는 것을 들으며 헛기침을 내뱉었다.

"직계가 아닌 방계의 후손이라고 합니다. 그것도 중심에서 아주 먼."

"일전의 보고에 의하면 매혼루가 그 녀석의 어미를 죽이려 했다지?"

"그랬습니다."

"서문진이 놈의 애비도 아닌데 어째서 청부를 했을까? 중심에서 아예 관계없는 방계라면서. 단순한 원한 때문이라면 매혼루는 너무 거창하잖아."

"그건 아직… 그 이유를 찾아 곧 항주를 떠난다고 합니다. 더불어 은혼으로부터 서문세가의 동향과 특히 서문초라는 인물에 대한 조사를 해달라고 요청해 왔습니다."

"서문초?"

"풍월의 부친입니다. 그가 은혼에게 부탁을 한 것 같습니다."

"흠, 뭔가 비밀이 있는 것 같은데. 쯧쯧, 그놈도 참 복잡한 가정사를 가지고 있구나. 원하는 대로 해줘."

"알겠습니다."

"그리고 천마도는 어찌 되었느냐? 배후는 찾았느냐?"

천마도라는 말에 순후의 표정이 살짝 굳었다.

"쯧쯧, 표정을 보니 이번에도 틀린 모양이군."

"떠돌고 있는 천마도 중 두 개는 확보했습니다만 그 배후에 대해선 아직 별다른 소득이 없습니다. 죄송합니다. 최선을 다해서 찾고 있으니 곧 단서라도……."

독고유 앞에서도 늘 당당했던 순후의 이마에서 한줄기 땀방울이 흘러내렸다.

"천마도는 둘째 치고 혈우야괴를 수하로 부릴 정도면 보통

세력이 아니다. 그런 세력이 암중에서 활약하고 있는데 모른다는 것은 있을 수 없는 일이다. 행여나 정무련이 먼저 놈들의 정체를 파악한다면 그만한 망신도 없을 터. 모든 역량을 동원하여 찾아내라."

"존명."

명을 받은 순후가 식은땀을 흘리며 물러가려 할 때였다.

"한데 흑룡묵가는 어찌하고 있다더냐? 항주에서 철수한 것이냐?"

"일단 항주에 나가 있던 인원은 복귀를 시작한 모양인데 본가에선 아직 결정을 내리진 못한 것 같습니다."

독고유가 한심하단 얼굴로 고개를 저었다.

"쯧쯧, 그 망신을 당해놓곤 아직도 미련을 가지다니. 모든 계획을 백지화시키라고 해."

"알겠습니다."

"그리고 하나 더."

독고유의 눈빛이 서늘하게 변했다.

"행여나 쓸데없는 짓은 하지 말라고 전해."

"풍월을……."

"그놈은 상관없고. 천풍권을 그 모양으로 만든 놈인데 설마 뒈지기야 하겠어. 그놈 말고 항주."

"아!"

순후는 독고유가 풍월의 외가를 보호하려 한다는 것을 바로 알아챘다.

독고유의 성정을 감안했을 때 무슨 거창한 이유가 있는 것은 아닐 터였다. 그저 풍월을 품으려는 상황에서 그의 외가가 흑룡묵가에게 해코지라도 당한다면 상황이 복잡하게 흐를 수 있기 때문이었다.

*   *   *

장사에 도착한 풍월 일행은 여독을 풀 여유도 없이 곧바로 대화상회로 향했다.

장사의 중심부에 자리한 대화상회는 명성답게 상당한 규모를 자랑하고 있었다.

잠깐 살펴본 것에 불과하나 그 짧은 시간, 정문을 통해 드나드는 물동량만 해도 화영상단의 배는 됨 직했다.

"경계가 만만치 않습니다."

장사치 차림으로 대화상회 주변을 살펴보고 온 은혼이 거추장스러운 옷을 벗어던지며 말했다.

"언뜻 보기에도 그렇긴 하더군요."

말은 그리하면서도 풍월은 그리 대수롭지 않게 여기는 것 같았다.

"대화상회에서 직접 키운 놈들은 아닌 것 같고 아무래도 돈을 주고 고용한 놈들 같습니다."

"저렇게 돈을 처바른 건물을 지키려면 지키는 개들 또한 그만큼 많이 필요하겠지요."

풍월은 객실 창문을 통해 보이는 대화상회의 웅장한 건물을 보며 조소를 보냈다.

은혼이 풍월의 시선을 따라 고개를 돌렸다.

노을빛에 물든 대화상회의 건물은 누가 보더라도 경탄을 자아낼 만큼 멋들어졌지만 그의 눈엔 그것이 왠지 몰락의 징조처럼 보였다.

"직접 키웠든 돈을 주고 고용을 했든 상관없습니다. 결과는 같을 테니까. 자, 술이나 한잔해요. 해가 짧다고는 해도 기다리기가 영 지루하네요."

은혼은 풍월이 내미는 잔을 받으며 그의 모습을 찬찬히 살폈다.

확실히 평소와는 달랐다. 가벼움 속에서도 늘 냉철한 시선이 깔려 있던 풍월이었지만 지금은 그 모습이 보이지 않았다.

슬쩍 불안감이 생겨났다. 하지만 이내 고개를 저었다. 지금 상황에서 평정심을 유지할 수 있는 사람이 과연 몇이나 있을까. 설사 문제가 생긴다 해도 풍월에겐 그 문제를 능히 해결할 실력이 있었다.

밤이 깊도록 술잔을 주고받던 풍월과 은혼이 본격적으로 움직이기 시작한 때는 자정이 지난 후였다.

그들은 대로변을 마주한 남문이 아니라 북쪽 담을 넘었다. 가장 인적이 드물기도 했지만 그들의 목표라 할 수 있는 총관부가 그곳에서 가장 가까웠기 때문이다.

담을 넘은 후, 잠시 은신을 하고 있던 풍월은 순찰을 돌고 있던 경계병을 바로 제압했다. 그러고는 대략적인 위치는 알지만 정확히는 알지 못했던 총관의 거처를 확실하게 확인했다.

"저곳입니다."

은혼이 이십여 장 앞, 이층으로 된 건물을 가리켰다.

화려하지는 않아도 규모는 제법 컸다. 잠시 살펴보니 경계병들이 규칙적으로 순찰을 돌고 있었다.

"제가 제압을 하죠."

"아뇨. 굳이 제압할 필요는 없잖아요. 순찰하던 놈들이 보이지 않으면 괜시리 의심을 살 수도 있고."

"하지만 안에서 소란이 일면 귀찮아질 수 있습니다."

"조용히 처리하면 되죠. 은 형이 걱정하는 소란 따위는 없습니다."

단언한 풍월이 몸을 일으켰다. 그러고는 총관부를 향해 몸을 움직이려는 찰나였다.

풍월의 눈에서 기광이 번뜩이는가 싶더니 때마침 움직이려

던 은혼을 낚아챘다. 그러고는 갑작스러운 상황에 당황하는 은혼의 입을 틀어막았다.

"무슨 일입니까?"

뭔가 심상치 않은 분위기를 느낀 은혼이 최대한 목소리를 낮춰 물었다.

"재밌는 놈들이 있네요."

"예?"

"다른 놈들이 있다고요. 도둑놈은 아닌 것 같으니 결국 이 곳을 지키는 자들이란 말이겠지요."

은혼이 깜짝 놀라 물었다.

"그런 자들이 있단 말입니까?"

"놈의 기척이 느껴지지 않아요?"

풍월의 물음에 은혼이 고개를 저었다.

두 사람의 표정이 동시에 굳었다. 은혼이 아무것도 눈치채지 못했다는 것은 지금 은신하고 있는 자가 은혼이 눈치채지 못할 정도로 은신술이 뛰어나거나 아예 그를 뛰어넘는 고수라는 의미였다.

"총관부 옆 전각의 지붕을 확인해 봐요. 뭔가 이상한 점을 느낄 수 있을 겁니다."

은혼은 전신의 감각을 극대화하여 풍월이 가리키는 전각의 지붕을 살폈다.

잠시 후, 미세한 기척을 느낄 수 있었다. 기척을 느끼게 되자 어디에 은신을 하고 있는지도 정확하게 확인했다. 단순히 눈으로 보면 전혀 눈치챌 수 없는 완벽한 위장이었다.

"대단한 놈이네요."

"놈들입니다."

"예?"

"한 놈이 아닌 것 같다고요. 저쪽에도 있고, 또 저쪽에도 있네요. 대충 확인되는 놈들의 수만 해도 다섯은 돼요."

풍월이 고개를 이리저리 흔들며 말했다.

"어찌 할 생각입니까?"

은혼이 굳은 표정으로 물었다.

"일단 저놈 만큼은 확실히 제압을 해야겠지요."

행동은 빨랐다.

풍월은 말이 끝남과 동시에 몸을 날렸다.

소리 없이 도약해 날아가는 풍월의 움직임은 한 마리 야조(夜鳥)와 같았다.

그렇다고 무작정 상대를 향해 날아간 건 아니었다. 조그만 돌멩이를 이용하여 주위를 분산시킨 후, 상대가 반응할 틈도 없이 점혈을 해버렸다.

아혈과 마혈을 동시에 제압당한 상대는 신음 소리도 내뱉지 못했고 통나무처럼 뻣뻣하게 굳은 몸은 손가락 하나 까딱

하지 못했다.

위장포를 잃고 노출된 사내는 생각보다 어렸다. 많이 봐줘야 스물 남짓 정도였는데 풍월은 그에게서 진한 피비린내를 느꼈다.

한두 명을 죽이고선 가질 수 없는 향기였다. 아예 숨통을 끊어버릴까 잠시 고민을 했지만 그대로 위장포를 덮어주고 내려왔다.

"그대로 둬도 되겠습니까?"

어느새 총관부 앞으로 이동해 있던 은혼이 걱정스러운 눈길로 물었다.

"한 시진 정도는 아무것도 하지 못할 겁니다."

조용히 대꾸한 풍월이 총관부로 들어섰다.

경계병을 믿어선지 문이 잠겨 있지는 않았다.

풍월은 어둠에 잠긴 일층을 지나 곧바로 이층으로 올라갔다. 밤이 깊었지만 이층의 방들은 아직 환하게 밝혀져 있었다. 이런저런 말소리가 들려왔다.

이층에서 가장 크고 중심이 되는 방의 문앞에 선 풍월, 잠시 심호흡을 하는가 싶더니 거침없이 문을 열었다.

머리카락이 하얗게 쉰 노인과 중년 사내의 고개가 동시에 풍월에게 향했다.

"누구냐?"

중년 사내가 노한 얼굴로 물었다.

두 사람 다 놀라거나 당황한 기색은 전혀 없었다.

풍월을 도둑이거나 혹은 그 이상의 적이 아니라 그저 단순한 경계병 따위라 여긴 것이다. 외부의 침입이 있을 수 있다는 사실이 아예 뇌리에 존재하지 않기에 가능한 반응이었다.

풍월은 대꾸하기도 귀찮다는 얼굴로 손가락을 들었다.

소리 없이 날아간 지풍이 중년 사내의 아혈을 제압했는데 문을 박차고 나가려는 행동에 마혈까지 제압해 버렸다.

놀란 노인이 벌떡 일어나자 풍월이 무심한 눈길로 말했다.

"소리쳐 봐야 밖에선 들리지 않습니다. 믿기 힘들면 해보든가요."

노인은 설마 하는 얼굴로 몇 번이나 고함을 질러봤다. 기다리던 대답이 전혀 없자 풍월이 외부와의 소리를 차단하고 있음을 직감했다.

"누구냐? 무슨 일이기에 이런 무례한 짓을 벌이는 것이냐?"

노인, 삼 년 전 큰아들인 노총에게 총관 자리를 물려주고 은퇴한 노군영이 두 눈을 부릅뜨며 소리쳤다.

풍월은 그의 호통을 귓등으로 흘려 버리곤 의자를 끌어와 그의 앞에 앉았다.

문이 열리며 은혼이 들어섰다. 만에 하나라도 자신의 신분이 노출될까 걱정했는지 두건으로 눈 밑까지 가린 상태였다.

"이층에 있는 시비들은 모조리 제압했습니다."

"제압이란 말이 어째 그렇습니다."

"그저 조용히 재웠다는 말입니다."

멋쩍은 웃음과 함께 조용히 문을 닫는 그를 보며 마주 웃어주던 풍월이 노군영을 향해 고개를 돌렸다.

입가에 머문 웃음은 여전했지만 노군영은 오히려 섬뜩한 느낌을 받았다.

"지금부터 몇 가지 질문을 하겠습니다. 신중히 대답해 주세요. 거짓말을 해도 상관이 없지만 그만한 대가는 치러야 할 겁니다."

풍월은 경고를 하며 바닥에 쓰러져 있는 노총을 힐끗 바라보는 것을 잊지 않았다.

"대체 무슨……."

"질문은 제가 합니다."

차갑게 말을 자른 풍월이 취조하듯 말을 시작했다.

"이십이 년 전, 대화상회의 총관이었던 노군영 당신이 매혼루에게 한 여인을 제거해 달라고 청부를 합니다. 당시 여인은 만삭이었습니다. 기억나십니까?"

"그, 그게……."

노군영이 머뭇거리자 풍월이 노총의 마혈을 풀어주고는 그대로 손을 밟아버렸다.

우두둑!

끔찍한 소리와 함께 노총의 손가락이 순식간에 가루가 되었다.

고통을 참지 못한 노총의 몸이 미친 듯이 발광을 했다. 물론 아혈이 제압된 상태기에 비명은커녕 신음도 흘러나오지 못했다.

"기억나십니까?"

풍월이 재차 물었다.

노군영의 노회한 머리가 맹렬히 회전을 하기 시작했다.

대화상회의 업무 전반은 물론이고 온갖 지저분하고 잡다한 일 또한 자신의 몫이다.

자신의 의뢰로 인해 목숨이 날아간 이들의 숫자를 헤아리자면 손가락은 물론이고 발가락까지 동원을 해도 부족했다. 하지만 매혼루라는 이름에 초점을 맞추자 한 가지 사건이 떠올랐다. 이어진 풍월의 말은 확실하게 기억을 되돌려 놓았다.

"여인의 이름은 하연수. 당시 서문세가의 며느리였습니다."

서문세가라는 말에 노군영의 눈빛이 달라졌다. 동시에 턱이 뻐근할 정도로 입을 꽉 다물었다. 목숨을 걸고 지켜야 하는 비밀이었다.

노군영의 행동을 놓치지 않은 풍월은 그가 당시의 일을 기억해 냈음을 확신했다.

"이유가 뭡니까? 서문세가에서 반딧불만큼의 영향력도 없는 여인의 목숨을 취하려 했던 바로 그 이유."

"난 도통 무슨 말을 하는지 모르겠다."

노군영의 부인에 풍월은 참지 않았다.

"나이가 들면 자꾸만 까먹는다지요. 그래도 아드님을 위해 잊으시면 안 됩니다. 거짓말엔 분명 대가를 치러야 한다고 말했으니까요."

노군영을 향해 환한 웃음을 보인 풍월이 노총의 왼쪽 다리를 지그시 밟았다.

조금씩 뼈마디가 어긋나는 소리가 들리더니 '뚜뚝' 하는 소리와 함께 날카롭게 잘린 정강이뼈가 살갗을 찢고 튀어나왔다.

고통을 참지 못한 노총이 바닥을 뒹굴며 바닥에 피 칠갑을 했다. 그 모습을 차마 볼 수가 없었는지 노군영이 두 눈을 질끈 감아버렸다.

"질문은 하나지만 아드님은 참 많은 것을 가지고 계시는군요. 손가락은 열, 아니, 이제는 다섯 개에 두 눈과 두 귀도 있고 팔다리도 하나씩은 성하고."

"네가 무슨 말을 하는지 모르겠다고 했다. 알지 못하는 것을 어찌 말하라는 것이냐?"

노군영의 외침에 풍월은 지체 없이 노총의 손가락 한 개를 분질러 버렸다.

"경고하겠습니다. 밤은 길고 아드님은 인간으로서 감히 상상도 할 수 없는 고통을 겪을 수도 있다는 것을요. 다시 묻겠습니다. 어째서 그런 청부를 한 것입니까?"

노군영이 고통에 몸부림치는 노총을 안타깝게 바라보며 빠르게 입을 열었다.

"내가 비록 대화상회를 위해 몹쓸 짓을 여러 차례 한 것은 사실이나 서문세가의 며느리를 죽여달라 청부한 적은 없다. 다른 사람도 아니고 서문세가의 며느리를 어찌. 상식적으로 말이 된다고 생각하느냐?"

풍월이 노총의 손가락 하나를 잡자 노군영이 발악하듯 소리쳤다.

"네가 저 아이의 목숨을 빼앗는다고 해도 모르는 것은 모르는 것이고 아닌 것은 아닌 것이다."

그 말을 끝으로 노군영은 아예 눈을 감아버렸다.

풍월이 노총의 나머지 손가락을 부러뜨리고 제압했던 아혈을 풀어 고통을 참지 못하고 토해내는 비명까지 듣게 했음에도 노군영의 태도는 변함이 없었다. 그저 자신은 알지 못하고 한 일도 아니라는 대답을 반복할 뿐이었다.

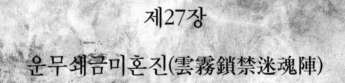

제27장

운무쇄금미혼진(雲霧鎖禁迷魂陣)

　은혼이 살기로 번들거리는 눈빛으로 노군영을 쏘아보고 있던 풍월의 손을 잡았다.

　"이 영감은 입을 열지 않습니다. 영감의 아들은 물론이고 자신까지도 죽음을 각오한 것 같네요."

　"아예 분골착근을……."

　"아니요, 제가 확인한 바로는 영감은 꽤나 다복한 가족을 거느리고 있습니다. 영감은 지금 자신과 저자의 죽음으로 다른 가족 모두를 지키려고 하는 겁니다. 분골착근이 아니라 당장 목을 날려도 대답을 듣기는 쉽지 않을 겁니다."

은혼의 단언에 풍월은 답답함을 감추지 못했다.

"난혼단을 사용해 보죠."

"난혼단이라면……."

잠시 기억을 더듬던 풍월의 얼굴에 갑자기 화색이 돌았다.

일전에 귀살곡의 살수들을 심문할 때 사용했다는 것을 기억한 것이다. 더불어 그것이 누군가를 심문하여 정보를 캐고자 할 때 얼마나 뛰어난 위력을 발휘하는지까지도.

"가능하겠습니까? 부탁드립니다, 은 형."

어찌나 다급했는지 풍월이 은혼을 향해 고개를 숙였다.

"그렇게까지 부탁할 일은 아닙니다. 이곳의 일이 빨리 끝나야 제 임무도 완수할 수 있으니까요."

"약속하죠. 일만 제대로 마무리되면 최대한 빨리 패천마궁을 찾겠다고요."

"믿겠습니다."

다짐을 받은 은혼이 기름종이에 싼 난혼단을 꺼내 들었다. 냄새가 고약한 것이 그 안에 들어간 성분이 궁금할 정도였다.

은혼은 난혼단을 꺼내 들며 내심 한숨을 쉬었다.

가급적이면 난혼단을 사용하고 싶지 않았다. 난혼단을 사용하면 그 후유증으로 열이면 열 죽는다고 봐야 했다. 하지만 그건 큰 문제가 되지 않는다.

중요한 것은 흔적을 남긴다는 것이다.

고약한 향기만큼이나 독특한 향기 또한 내재되어 있어 독이나 의술에 조금이라도 조예가 있는 사람이라면 난혼단을 알아볼 수 있다. 이는 곧 묵영단이 개입했다는 것을 눈치챌 수 있다는 말과 다르지 않았다.

대화상회는 이제 사대세가와 어깨를 나란히 할 정도로 성장한 서문세가와 밀접한 관계로 묶여 있다. 또한 대화상회가 중원 상계에서 차지하는 위치를 감안했을 때 관부와 엮일 가능성도 있었다.

그랬기에 가능하면 난혼단을 사용하지 않으려 했다. 패천마궁이 서문세가, 나아가 정무련 따위를 두려워하지는 않지만 그래도 굳이 분란을 야기할 필요는 없었기 때문이다.

하지만 임무를 위해, 풍월의 복수를 위해 난혼단을 사용하기로 마음먹었다.

은혼은 입을 꽉 다물고 격렬하게 난혼단을 거부하는 노군영의 몸부림을 일축하고 입속에 난혼단을 집어넣었다.

난혼단은 침에 닿는 즉시 한 줌의 물로 변해 목을 타고 넘어갔다. 반각도 되지 않아 노군영의 눈이 몽롱하게 풀리기 시작하자 잠시 그를 살피던 은혼이 말했다.

"이제 심문을 해도 될 것 같습니다."

풍월이 기다렸다는 듯 질문을 던졌다.

"만삭의 여인을, 서문세가의 며느리 하연수를 제거해 달라

고 매혼루에 청부한 일을 기억하고 있습니까?"

"기억… 한다."

노군영이 영혼 없는 목소리로 대답했다. 약효가 제대로 돌고 있다는 것을 확인한 풍월이 떨리는 음성으로 물었다.

"어째서 그런 청부를 한 것입니까?"

"그… 너는 보지 말아야 할 것을 보았다."

마침내 비밀이 드러나기 시작했다.

은혼과 풍월의 울대가 동시에 꿈틀댔다.

"보지 말아야 할 것이 뭡니까?"

"큰아가씨께서 그분을 만나는 것을 보았다."

"큰아가씨라면 누구를……."

풍월의 질문이 끝나기도 전 은혼이 노군영을 대신해 답했다.

"영감이 큰아가씨라 칭할 여인은 하나뿐입니다. 대화상회 주인인 금유황의 누이 금의소. 현 서문세가 가주의 부인입니다."

"……."

풍월은 꽤나 큰 충격을 받았는지 멍한 얼굴로 노군영을 바라보다 고개를 여러 차례 흔들었다.

"그분을 만났다? 그러니까 당대 서문세가의 안주인께서 소싯적에 바람을 폈다는 말이네. 그걸 우리 어머니가 본 것이

고. 내가 생각한 게 맞죠, 은 형?"

"아마도 그런 것 같습니다."

"시팔! 고작 바람난 년놈들 때문에 우리 부모님이, 내가 그런 꼴을 당했다는 거네. 그것도 모르고 한때는 어딘가 그럴듯한 가문의 후계자라고 생각하고 자랐으니."

풍월은 붉게 상기된 얼굴로 화를 참지 못했다. 전신을 부르르 떨며 어쩔 줄을 몰라 하는 것이 금방이라도 폭발할 듯 보였다.

"풍 공자."

은혼이 걱정스러운 눈길로 풍월을 불렀지만 풍월은 대답 대신 노군영에게 질문을 던졌다.

"내 아버지의 죽음도 당신이 저지른 짓인가?"

"무슨 말… 인지 모르겠다."

"서문초. 그분의 죽음도 당신 짓인지 물었다."

풍월의 음성이 커졌다.

"아니다."

노군영이 고개를 젓자 잔뜩 상기된 얼굴로 묻던 풍월이 맥이 빠진 얼굴로 한숨을 내뱉었다.

"그자, 큰아가씬가 뭔가 하는 년하고 바람 핀 놈은 누굽니까?"

흥분한 풍월을 대신해 은혼이 물었다.

"그, 그분은……."

노군영이 몇 번이나 주저하며 말끝을 흐렸다. 초점 잃은 눈동자에 어린 것은 분명 공포였다.

풍월은 답답함을 참지 못하고 은혼을 바라보았다. 난혼단에 무슨 문제가 있는 것은 아니냐는 눈빛이다.

"무의식중에 함부로 이름을 발설할 수 없을 정도라면 어떤 금제에 걸려 있을 가능성이 큽니다."

"금… 제?"

풍월이 고개를 갸웃거렸다.

뭔가 이상했다. 금제라는 말에 굉장히 이질적인 느낌을 받았다. 단순히 바람이나 피는 자를 언급조차 못한다는 것은 결코 평범한 일이 아니다. 은혼도 같은 생각인지 표정이 심각했다.

"그자가 대화상회와도 연관이 있는 겁니까?"

노군영은 대답을 하지 않았다. 약효의 부작용 때문인지 아니면 '그분'에 대한 공포 때문인지 이미 대답을 할 상황은 지난 것 같았다.

몇 번을 물어도 결과는 같았다. 잠시 후, 온몸을 사시나무처럼 떨던 노군영은 입에 거품을 물곤 숨이 끊어졌다.

은혼은 노총에게도 난혼단을 복용시켰다.

노군영에게 듣지 못한 '그분'에 대한 정보를 얻을 수 있을

거라 기대를 하긴 했지만 가능성이 희박하다 여겼는데 다행이 결과가 나쁘지 않았다.

노총 역시 극심한 공포감을 드러내며 이내 숨이 끊어진 건 노군영과 같았다. 하지만 숨이 끊어지기 직전 그들이 말한 '그분'이 대화상회의 사람이 아니라는 것을 확인시켜 줬다.

"생각보다 일이 복잡해지는 것 같습니다."

노총의 코밑에 손가락을 가져다 대며 그의 죽음을 확인하던 은혼이 한숨과 함께 몸을 일으켰다.

"나도 은 형과 같은 생각입니다. 단순히 바람을 폈다는 문제가 아닌 것 같네요."

"노군영은 대화상회의 총관입니다. 노군영이 알고 있다면 대화상회의 주인 또한 그자를 알고 있다는 말이지요. 그리고 이자들의 반응을 봤을 때 대화상회는 세상에 알려진 것처럼 평범한 상회가 아닙니다."

"예, 단순히 바람을 피우는 만남이 아니라는 가정하에 금의소라는 여인이 서문세가에 시집을 간 것 자체도 어떤 불순한 의도가 있을 수 있다는 생각이 듭니다."

"충분히 가능하죠. 당시 후계 구도에서 장자에 비해 열악한 상황에 몰려 있던 서문진이 가주 자리에 오를 수 있었던 이유가 대화상회의 엄청난 자금력의 뒷받침 때문이니까요. 다만 문제는 그것이 대화상회가 주축이 되어 벌인 것이냐, 아니면

이자가 말한 '그분', 다시 말해 누군가의 개입으로 인해 벌인 일이냐를 생각해 봐야 할 것 같습니다."

"확인을 해보면 알겠지요. 바로 이곳에 제대로 알 만한 사람이 있으니까요."

은혼이 풍월의 말에 기겁을 했다.

"지금 대화상회 회주를 말하는 겁니까?"

"어차피 만나야 하는 자였습니다."

풍월은 애당초 모친에게 저지른 잘못을 총관에게만 물을 생각이 없었다.

"너무 급합니다. 아까 지붕에 은신하고 있던 자의 실력을 감안했을 때 어떤 위험이 도사리고 있을지 모릅니다. 조금 더 차분히 준비를 하는 것이……."

"잠깐만요."

손짓을 하여 은혼의 입을 막은 풍월이 뭔가에 집중하는 모습을 보이는가 싶더니 이내 쓴웃음을 지었다.

"들켰네요."

"예?"

"포위당했습니다. 우리가 놈들의 실력을 너무 우습게 봤어요."

그렇다고 해도 당황을 하거나 두려워하는 얼굴은 아니었다. 어차피 대화상회 주인에게 확인할 것도 있는 상황에서 차라

리 잘됐다는 표정이었다.

풍월이 나란히 쓰러져 있는 노군영, 노총 부자의 모습을 힐끗 바라보며 문을 나섰다.

풍월의 말대로 총관부 주변은 이미 완벽하게 포위가 된 상태였다. 대화상회를 지키는 경계병들이 모조리 모인 듯 그 숫자가 백여 명에 이르렀다.

은혼은 긴장된 눈빛으로 차분히 주변을 살폈다. 애당초 눈앞에 있는 자들 중 신경 쓸 인물은 몇 되지도 않았다. 문제는 엄청난 은신술로 자신의 이목까지도 속였던 정체 모를 자들이었다.

차분히 살피니 그들 중 몇몇을 발견할 수 있었다. 경계병 무리에 열댓 명이 섞여 있는 것 같았고 조금 떨어진 곳에서 지형지물을 이용해 은신을 한 자들의 기척도 느낄 수 있었다.

"당장 투항해라. 하면 목숨만은 살려주마."

경계병을 지휘하는 중년 무사가 소리쳤다. 나름 인근에서 명성을 얻고 있는 형광뢰라는 자였다.

원래는 북쪽에서 낭인으로 활약하다 장사까지 흘러들어온 자였는데 상행단을 통해 그의 실력을 알고 있던 대화상회에서 상당한 돈을 들여 그를 호위무사로 고용했다.

"조심해요, 은 형. 쥐새끼들이 섞여 있어요."

"알고 있습니다."

형광뢰는 자신의 말을 완벽하게 무시하는 풍월과 은혼을 보며 노호성을 터뜨렸다.

"이런 도둑놈의 새끼들이 감히 내 말을 무시해! 뭣들 해. 당장 모가지를 비틀어 버려."

형광뢰의 명을 받은 경계병들이 일제히 달려들기 시작했다.

풍월은 검집에서 검을 꺼내지도 않았다. 그저 검집째 불나방처럼 달려드는 경계병들을 두드렸다. 여러 번 손을 쓸 것도 없었다. 그저 가볍게 두드리는 것만으로도 경계병들이 추풍낙엽처럼 쓸려 나갔다.

번쩍!

섬광과 함께 풍월의 검이 처음으로 모습을 드러냈다.

그의 정면에 믿어지지 않는다는 표정으로 쓰러지는 사내가 있었다. 풍월이 은혼에게 경고한 쥐새끼 중 한 마리였다.

풍월은 검집에서 열두 번 검을 빼 들었고 정확하게 쥐새끼 열두 마리를 제거했다.

마지막 쥐새끼를 제거하고 다시 검을 집어넣을 때 거의 모든 경계병들이 바닥을 뒹굴고 있었다. 심지어 기세 좋게 달려들던 형광뢰조차 한참 전부터 아랫배를 부여잡고 땅바닥을 구르고 있었다.

땀방울 하나 흘리지 않는 풍월에 비해 은혼은 그다지 좋은 표정이 아니었다. 곳곳에 상처와 핏자국이 보였다.

"은신술에 비해 실력은 별로였는데 꼴이 참. 실망입니다, 은 형."

풍월의 농에 은혼의 얼굴이 벌게졌다.

지금 상대하는 적들은 풍월의 기준에서 별로일지는 모르나 자신이 생각하기엔 나름 뛰어난 고수들이었다. 물론 일대일로 상대하면 전혀 문제될 것이 없었지만 세 명의 합공은 그에게 도 조금은 버거웠다.

"대충 정리가 된 것 같으니까 가죠."

경계병 중 한 명에게 회주의 거처를 확인한 풍월이 남쪽으 로 방향을 잡고 달리기 시작했다.

은혼이 투덜거리면서도 재빨리 따라붙었다. 주변에 은신하 고 있던 자들의 은밀한 움직임이 느껴지긴 했지만 신경도 쓰 지 않았다.

회주의 거처를 향해 거침없이 내달리던 풍월이 어느 순간 걸음을 멈췄다.

느닷없이 안개가 깔리고 주변의 시야가 흐려졌기 때문이 다.

한데 단순히 시야만 흐려진 것이 아니라 아예 주변 환경마 저 바뀌었다.

"기문진(奇門陣)입니다!"

은혼이 경악성을 내뱉었다.

가슴이 답답하고 머리가 살짝 어지러웠다.

"호흡에 주의하세요, 은 형. 독입니다."

경고가 늦었는지 은혼의 신형이 비틀거렸다. 하지만 재빠른 동작으로 품속을 뒤지더니 콩알만 한 환약 몇 개를 입에 털어 넣었다. 그러고는 남은 것들을 풍월에게 권했다.

"뭔데요?"

"만독방에서 만든 해독제입니다. 완벽하지는 않아도 효과가 있을 겁니다."

풍월은 사양하지 않고 얼른 환약을 삼켰다. 광혼의 실험 덕분에 독에 나름의 내성을 지니고는 있다고 해도 만독불침이니 하는 경지는 아니었기 때문이다.

은혼의 말대로 효과는 빨랐다. 독에 대한 내성이 있는 데다가 환약까지 복용하자 호흡이 편해지고 어지럼증도 순식간에 사라졌다.

"효과 좋네요."

풍월이 엄지손가락을 치켜세웠다.

난혼단에서 이어 환약까지 만들어준 만독방에 대해 괜히 고마운 마음이 들었다.

"이곳에서 빨리 빠져나가야 합니다."

몇 번의 심호흡을 통해 독기를 중화시키는 데 성공한 은혼이 시시각각으로 변하는 주변 환경을 보며 소리쳤다.

"그래야죠. 그렇긴 한데……."

풍월이 말끝을 흐렸다. 검선과 마도 두 할아버지를 통해 이 런저런 많은 무공을 배우고 간접적인 경험을 했지만 기문진 만큼은 예외다. 대충 이름 몇 개 들어본 것이 전부였다.

"제가 살펴보겠습니다."

풍월과는 달리 묵영단의 훈련을 통해 제법 많은 기문진을 연구하고 경험까지 해보았던 은혼이 앞으로 나섰다.

날카로운 파공성이 들려온 것은 은혼이 주변의 지형물을 막 살피기 시작할 때였다.

은혼이 깜짝 놀라 고개를 돌렸을 땐 이미 그를 향해 날아 오던 암기가 흔적도 없이 사라진 후였다.

"공격은 걱정 말고 파진법이나 빨리 찾아요."

풍월의 말에 크게 고개를 끄덕인 은혼이 자신이 알고 있는 모든 지식을 동원해 그들이 빠진 기문진이 무엇인지, 또 어떻 게 하면 빠져나갈 수 있는지 살피기 시작했다.

풍월은 그런 은혼의 곁에서 예상치 못한 공격에 대비했다.

온갖 암기들이 날아들었다.

쥐새끼들도 출몰하기 시작했다.

어딘지 부자연스러운 풍월과는 달리 쥐새끼들은 제 방처럼 편안히 움직였다.

기문진의 영향 때문인지 조금씩 몸이 무거워졌고 마음껏

공력을 사용할 수가 없었다. 게다가 쥐새끼들을 눈으로 확인하기 전까지 그들의 기척을 느끼지도 못했다.

그것이 치명적이었다.

쥐새끼들은 한둘이 아니었고 풍월은 지켜야 할 사람이 있었다.

은혼에게 향하는 모든 공격은 완벽하게 차단을 시켰지만 정작 자신은 곳곳에 상처를 입기 시작했다.

"아직 멀었어요?"

풍월이 은혼을 암습하려던 쥐새끼의 옆구리를 걷어찬 후, 소리쳤다.

은혼이 풍월을 향해 고개를 돌렸다. 한데 표정이 괴이했다. 공포와 두려움이 뒤섞인 얼굴. 지금껏 그처럼 당황하는 은혼을 본 적이 없기에 풍월의 표정도 덩달아 심각해졌다.

"알아냈군요."

"운무쇄금미혼진(雲霧鎖禁迷魂陣)입니다."

은혼이 기운 빠진 목소리로 말했다.

"운… 무가 뭐요?"

"운무쇄금미혼진."

"깰 수 있어요?"

풍월이 다급한 물음에 은혼이 고개를 저었다.

"못 깹니다. 파진법을 알고는 있지만 제 실력으론……."

"뭔데요, 그 파진법이?"

"운무쇄금미혼진은 주변의 지형지물을 이용하여 펼치는 절진으로 한번 빠지게 되면……."

"각설하고! 파진법!"

풍월이 버럭 소리를 질렀다.

"기문진은 진을 발동시키는 매개체가 있습니다. 그중 핵심이 되는 매개체를 찾아야 합니다."

"그러니까 그게 뭐냐고요!"

풍월이 재차 소리를 질렀다.

"모릅니다. 저 나무가 될 수도 있고 저 바위가 될 수도 있습니다."

은혼이 발밑에 삐죽 솟은 풀을 밟으며 말했다.

"이 풀이 될 수도 있지요."

"미치겠네."

답답함을 참지 못한 풍월이 주변 사물을 닥치는 대로 부수기 시작했다.

은혼이 말한 대로 나무며 바위 등 풍월의 손속이 머무는 모든 것들이 산산조각이 나며 흩어졌다.

오히려 그것이 악영향을 끼쳤다. 그렇잖아도 변화무쌍하던 환경이 이전과는 비교도 되지 않을 정도로 급격하게 변하기 시작한 것이다.

느닷없이 벼락이 쳤다.

주먹만 한 우박이 쏟아졌다.

몸을 가누기 힘들 정도로 거친 바람이 들이쳤다.

땅이 쩍쩍 갈라지고 화염이 솟구쳤다.

무작정 환영이라 치부할 수도 없는 것이 화염에선 뜨거운 열기가 느껴졌고 손목을 후려친 우박에선 분명 고통이 느껴졌다.

그때까지 간간이 이어졌던 암습은 이미 자취를 감추었다. 암습 따위가 필요 없을 정도로 그 두 사람은 운무쇄금미혼진에 완벽하게 갇혀 버린 것이다.

그렇게 반시진이 지났다.

천지조화를 상대로 필사적인 싸움을 벌인 두 사람은 이미 완전히 녹초가 되어버렸다.

특히 무공부터 내력까지 현격하게 부족한 은혼의 상태는 심각했다.

부상도 부상이고 무리하게 내력을 운용하다 보니 거의 탈진 상태에 이르렀다.

그런 부상보다 그들을 절망케 한 것은 승산이 없는 싸움이라는 것이다.

기문진을 발동시키는 매개체를 찾아내서 파괴하지 않는 한 절대로 생문은 열리지 않는다.

반시진 동안의 사투 속에서 어떻게든 매개체를 찾아보려고 노력했지만 모든 것이 허사였다.

운무쇄금미혼진을 발동하는 매개체 중 몇 개를 파괴하면서 진의 위력을 조금은 감소시키는 데 성공했다.

다만 그뿐이었다.

핵심 매개체를 찾지 못하는 이상 기문진은 파괴되지 않을 것이고 결국은 처참하게 목숨을 잃을 것이다.

그래도 두 사람은 포기하지 않았다. 설사 목숨을 잃는다 해도 그때까지는 최선을 다한다는 각오를 다지며 움직이고 또 움직였다.

그렇게 절망과 싸우고 있을 때 기문진 내부에 묘한 진동이 일었다.

그들이 일으키는 진동과는 조금 다른 울림이었다.

진동은 한 번으로 끝나지 않았다.

몇 번을 지속적으로 이어지며 기문진을 흔들었다.

그 진동과 더불어 내부의 변화도 더욱 격렬해졌지만 풍월과 은혼의 얼굴엔 오히려 희망이 깃들어 있었다. 그 울림이 내부가 아닌 진 외부에서 기인한 것임을 눈치챘기 때문이었다.

음울하기만 했던 하늘에서 한줄기 빛이 쏟아져 들었다.

희미하기는 해도 그건 틀림없는 달빛.

풍월의 시선이 달빛을 따라 움직였다.

좌측 하늘에 미세한 균열이 눈에 보였다. 달빛은 그 틈을 뚫고 내려왔다. 머뭇거릴 이유가 없었다.

풍월은 거의 바닥난 내력을 전력으로 끌어 올리며 균열을 향해 검을 던졌다.

자하검법의 마지막 초식 자하진천멸(紫霞震天滅)이었다.

빛살처럼 균열을 뚫고 들어간 검, 풍월의 내력을 감당하지 못한 검이 산산조각이 나며 흩어지고 동시에 미세한 균열이 조금이나마 확대됐다.

거의 혼절 직전인 은혼을 옆구리에 낀 풍월은 천섬비를 펼쳤다.

잠깐 동안 벌어졌던 균열이 급격히 회복을 하며 틈을 좁혔다. 그래도 풍월의 움직임이 더 빨랐다.

온몸을 던져 균열을 빠져나온 풍월이 은혼을 안고 바닥을 굴렀다.

가장 먼저 그들을 반긴 것은 차갑지만 상쾌한 공기였다. 그리고 주변을 환히 밝히는 달빛과 너무도 평범한 전각들.

위기가 끝난 것이 아니었다.

기묘한 진동과 함께 멀쩡했던 주변의 광경이 다시 변하고 있었다. 아마도 기문진을 운용하는 사람이 두 사람이 진을 빠져나온 것을 눈치채고 그 범위를 이동하려는 것 같았다.

"저겁니다. 저걸 부숴야……."

은혼이 말을 끝내지 못하고 정신을 잃었다.

풍월은 은혼이 가리킨 곳으로 고개를 돌렸다.

삼 장의 거리를 두고 나란히 세워져 있는 손바닥만 한 두꺼비 석상이 놀리듯 바라보고 있었다.

안개가 석상을 휘감기 시작했다. 품 안에서 혼절한 은혼을 팽개친 풍월이 즉시 몸을 날렸다.

왼쪽 석상을 주먹으로 후려쳐 산산조각 내버리고 오른쪽 석상은 왼쪽 석상의 파편을 던져 흔적도 없이 지워 버렸다.

두꺼비 석상이 부서지는 순간 극적인 반전이 시작됐다. 스멀스멀 주변을 잠식하던 안개가 순식간에 사라지고 주변 환경 또한 완벽하게 복원되었다.

기문진 안에서 풍월을 공격하다 당한 쥐새끼들의 시신이 사방에 널려 있었다.

운무쇄금미혼진이 완벽하게 파훼되었다는 것을 확인한 풍월이 안도의 숨을 내뱉으며 은혼에게 달려갔다.

핏기 없는 얼굴에 전신에 깊은 상처, 느린 맥이 그가 몹시 위중한 상태임을 경고했다. 즉시 은혼을 안고 달리기 시작했다.

곳곳에서 싸움을 벌이던 묵영단원들이 피투성이가 된 채 따라붙었다.

그들은 대화상회로 들어간 풍월과 은혼이 기문진에 빠진 것을 확인하고 소지한 화탄으로 기문진에 틈을 만들어 두 사람을 탈출시키는 데 성공을 했다.

그 과정에서 기문진을 지키던 쥐새끼들과 치열한 접전을 벌이느라 세 명이 목숨을 잃었고 나머지 사람들도 큰 부상을 당한 상태였다.

은혼을 안전한 장소까지 피신시킨 풍월은 짧은 운기조식을 통해 어느 정도 몸이 회복되자 곧바로 대화상회로 달려갔다.

작심하고 손을 쓸 생각으로 담을 넘었건만 그를 막아서는 사람이 아무도 없었다.

몇몇 경계병과 상회 사람들이 바삐 뛰어다니는 모습이 보였으나 쥐새끼들은 전혀 보이지 않았다.

풍월은 곧바로 회주의 거처로 달려갔다. 혹여나 또 다른 기문진이 있을까 두려워할 만도 했건만 발걸음에 거침이 없었다.

회주의 거처, 백화전을 지키던 경계병들은 풍월이 휘두른 주먹에 한마디도 내뱉지 못하고 기절했다.

쾅!

문이 박살이 나고 전각의 기둥 뿌리가 흔들렸다.

단숨에 백화전 안으로 들어선 풍월이 회주를 찾아 사방을 들쑤시고 다녔지만 그의 존재를 찾을 수가 없었다.

다른 곳도 마찬가지였다. 주변 전각을 모조리 뒤져보았지만 대화상회의 회주는 물론이고 그의 가족과 핵심 수뇌들은 단 한 명도 남아 있지 않았다.

기절시킨 경계병을 깨워 그들 모두가 반시진 전에 대화상회를 떠났다는 것을 확인한 풍월은 이를 부득 갈았다.

"젠장!"

급히 온다고 왔지만 이미 늦고 말았다.

원수를 바로 앞에서 놓쳤다는 생각에 짜증이 솟구쳤다.

확실한 신분을 알고 그가 대화상회를 포기하지 않는 이상 언제든지 다시 만날 수 있다는 것을 알았지만 지금 당장 원하는 정보를 얻지 못하고 복수를 하지 못한다는 것에 울화가 치밀었다.

치미는 화를 애써 억누르며 몸을 돌리는 풍월의 눈에 화려하기 짝이 없는 백화전의 모습이 들어왔다. 그리고 그 앞을 환히 밝히고 있는 횃불도.

성큼성큼 걸어간 풍월이 횃불을 백화전에 집어 던졌다. 순식간에 치솟은 불길이 백화전을 집어삼켰다.

그것이 시작이었다. 풍월은 대화상회를 버리고 떠난 자들이 머물던 전각과 주변 창고에 모조리 불을 질러 버렸다.

화광이 충천하고 대화상회에 머물던 모든 이들이 불을 끄기 위해 뛰쳐나왔지만 불길이 워낙 거세고 빠르게 번진 터라

오히려 몸을 빼기에도 급급할 지경이었다.

새벽녘에 시작된 불은 대화상회의 모든 것을 태운 뒤 저녁
이 되어서야 사그라들었다.

제28장

본가(本家)를 향하여

"그게 무슨 개소리야? 대화상회가 공격을 당했다니?"

천마도로 인해 난장판이 되고 있는 무림의 상황을 보고받으면서 만족한 미소를 짓던 개천회 총순찰 마정이 눈을 부릅떴다.

"정확하게 보고를 해. 대체 뭐가 어떻게 된 거야?"

마정의 물음에 부복한 사내가 살짝 고개를 들어 입을 열었다.

"지난밤, 화산괴룡이 대화상회를 공격했다고 합니다. 그 과정에서……"

"잠깐, 지금 누구라고 했지?"

"화산괴룡이라고 했습니다."

순간 마정의 표정이 딱딱하게 굳었다.

"설마 그놈이 내가 아는 그 풍월이라는 놈은 아니겠지?"

"풍월 맞습니다."

헛웃음밖에 나오지 않았다.

"하! 미치겠네. 그놈이 왜 장사에 있어? 아니, 그보다 왜 대화상회를 공격한 건데?"

"확인되지 않았습니다."

갑자기 왼쪽 관자놀이가 지끈거리면서 두통이 몰려왔다. 마정은 손가락으로 머리를 꾹꾹 누르며 설명을 재촉했다.

"계속해."

"놈을 막는 과정에서 대화상회를 은밀히 지키고 있던 여명대 일조와 이조 인원 사십 중 일조 조장을 비롯해 서른다섯이 목숨을 잃었습니다."

"대화상회엔 운무쇄금미혼진이 펼쳐져 있잖아. 설마 발동시키지도 못한 거냐?"

"아닙니다. 일조 조장이 진을 발동시켜 놈을 고립시키는 데 성공은 하였습니다만 외부의 도움으로 탈출했다고 합니다."

"외부의 도움이라면… 묵영단?"

"그렇습니다."

"빌어먹을 놈들. 평생 도움이 되지 않아."

마정이 화를 참지 못하고 신경질적으로 소리쳤다.

"회주는 어찌 된 거냐? 목숨은 건진 거야?"

"예, 회주를 비롯해 나머지 가족들은 무사히 탈출했다고 합니다. 다만 화산괴룡이 지른 불 때문에……."

"불… 까지 질렀다고?"

"예, 그 불로 인해 대화상회가 전소했습니다."

"하! 진짜 미친 새끼네. 어떻게 상회에 불을 지를 생각을 해?"

이제는 어이없는 웃음밖에 나오지 않았다.

"그래서 피해는 어느 정도로 예측된다는 거야?"

"추측할 수도 없다고 합니다. 전각도 전각이지만 창고에 있던 물건이 모조리 불에 탔고, 무엇보다 전장(錢莊)에 보관 중이던 각종 어음과 전표까지 잿더미로 변하는 바람에 피해가 막심한 것으로 보입니다."

"……"

정신이 아득해졌다. 대화상회는 개벽회의 가장 큰 자금줄이다. 그랬기에 여명대까지 파견하여 은밀히 보호를 하는 것이었고. 특히 전장에 보관 중이던 어음과 전표는 수일 내로 개벽회에 전달되어 요긴하게 쓰일 자금이었다.

매혼루에 이어 두 번째 겪는 실패다. 두 번 다 풍월에게 당

했다는 것이 문제였다.

"위에서 알면 날 죽이려 들겠군."

허탈하게 웃은 마정이 엎드려 있는 수하에게 명했다.

"그놈이 무슨 이유로 대화상회를 공격했는지 알아내라. 더불어 놈의 행적도 파악을 하고."

"알겠습니다."

사내가 사라지자 속이 타는지 석 잔의 술을 연이어 마신 마정이 손에 든 술잔을 가루로 만들며 웃었다.

"개새끼! 좋아, 놀고 싶은 모양인데 아주 제대로 놀게 해주마. 어차피 검선과 마도가 갖고 사라진 물건도 회수를 해야 하니까."

                    *   *   *

서문세가 서북쪽 외곽에 위치한 청송헌(靑松軒)은 이 년 전, 차남인 서문진에게 가주 위를 넘긴 노가주 서문룡이 말년을 보내는 곳이다.

고루거각이 즐비한 서문세가에서 청송헌은 상대적으로 작고 아담했다. 게다가 일선에서 완전히 물러난 서문룡은 별다른 호위도 없이 그저 잔심부름과 이런저런 수발을 들어줄 시비 둘만을 데리고 은거를 했기에 전반적인 분위기가 늘 조용

하고 차분했다.

하지만 오늘은 달랐다. 청송헌 주변으로 날카로운 눈빛을 지닌 무인들이 배치되었고 내원에서 달려온 경험 많은 숙수들과 찬모들이 열심히 음식을 만들고 술상을 차리느라 정신없이 움직이고 있었다.

석 달에 한 번 서문룡의 은거 시점과 때를 같이하여 일선에 물러난 전대의 수뇌들과 당대의 수뇌들이 한데 모여 술잔을 기울이며 서문세가의 현안에 대해 의견을 나누고 조언을 구하는 날이기 때문이었다.

서로의 안부를 묻고 쓸데없는 잡담을 나누며 다들 얼굴이 불콰해질 때까지 술잔을 돌린 후, 본격적으로 세가의 현안에 대해 의견을 나누기 시작했다.

포문은 가장 상석에 앉아 있던 노가주 서문룡이 열었다.

"대화상회에 큰 화재가 났다고 들었다. 공격을 받았다는 말도 있고. 대체 어찌 된 일이더냐?"

좌측에 앉아 있던 사도진이 술을 따르며 대답했다.

"공격을 받은 것도 사실이고 큰 화재가 난 것도 사실입니다."

"쯧쯧, 어쩌다가. 네 처가 걱정이 크겠구나."

노가주가 혀를 차며 위로했다.

"아닙니다. 다행히 처남을 비롯해 식솔들은 큰 해를 당하진

않았다고 합니다. 다만 워낙 불이 크게 난 터라 재산상 큰 피
해는 어쩔 수 없는 모양입니다."

"되었다. 재산이야 다시 모으면 되는 것이고. 큰 사달이 없
었다니 다행이구나."

"대체 어느 놈이 그런 짓을 저지른 것인지 밝혀는 졌는가?"

전대의 장로 서문우가 물었다. 모인 이들 중에서도 단연 나
이가 들어 보였으나 올해 칠십이 되는 서문룡과 비교해 연배
는 훨씬 아래였다.

"정확하지는 않지만 화산괴룡이 그런 짓을 벌였다는 풍문
이 돌고는 있습니다."

"화산괴룡? 그게 누군가?"

서문우가 하얗게 센 머리를 북북 긁으며 고개를 갸웃거렸
다.

"그 있잖습니까. 일전에 화산검회를 난장판으로 만들었다던
애송이. 화산검선의 제자라는 놈 말이오."

서문우와 마주하고 있던 서문종이 서문진을 대신해 대답했
다.

"아! 그놈."

서문우가 서문진을 향해 고개를 돌렸다.

"한데 그놈이 왜? 놈이 대화상회에 무슨 원한이라도 있다
던가?"

"그건 아직 모르겠습니다."

"골치 아프게 되었군. 명색이 사돈댁인데 가만히 있을 수도 없을 것이고. 화산과 틀어졌다는 소문이 있다 해도, 그래도 화산검선의 후예인데 자칫하면 화산파와 문제가 생길 수도 있겠어."

"그래서 일단은 관망을 하기로 했습니다."

서문진의 말에 노가주가 고개를 저었다.

"관망이 틀린 결정은 아니나 그래도 사돈댁이나 네 처에 대한 예의가 아닌 것 같구나."

"어찌하면 좋겠습니까?"

"지금껏 도움을 받았으니 상회를 재건하는 데 조금이나마 도움을 주어야 한다고 본다. 다들 불안에 떨고 있을 터이니 적당히 경비를 보내주는 것도 좋을 것이고."

사돈댁을 걱정하는 말투와는 달리 노가주의 눈은 웃고 있었다.

"그리하겠습니다. 참, 숙부님."

공손히 머리를 숙인 서문진이 열심히 술잔을 기울이고 있던 서문현을 불렀다.

"왜?"

대뜸 하대였다. 서문진이 가주가 된 후, 그 누구도 그에게 함부로 하대를 하지 않았다. 오직 노가주 서문룡과 숙부인 서

문현만이 전과 다름없이 하대를 할 뿐이었다.

그런 서문현에 대해 가주의 체면과 권위를 훼손하니 뭐니 하며 이런저런 말들이 나왔지만 서문현은 조금도 개의치 않았다. 그건 서문진 역시 마찬가지였다.

"일전에 가져다 드린 물건은 확인은 해보셨습니까?"

"천마도? 가짜야. 그럴듯하게 꾸민 것 같다만 내 눈을 속일 수는 없지."

"역시 그렇군요."

서문진이 쓰게 웃었다. 큰 기대를 하지는 않았으나 그래도 아쉬운 마음은 어쩔 수 없었다.

"쯧쯧, 아쉬워하는 모양새를 보니 그거 구한다고 고생 좀 한 모양이구나."

"쉬웠다고는 말씀 드리진 못하겠습니다. 워낙 많은 세력들이 달려드는 상황이라."

"한심한 일이 아니더냐. 천마도가 대체 뭐라고. 보물이라면 다들 눈이 벌개가지고 어떤 놈이 던진 미끼인지도 모르고 덥석 덥석 물고 보니 말이다. 사실 진짜 천마도가 있는지조차 의심스럽다. 무림에 혼란이 오기를 바라는 무리들이 수작질을 하는 것 아닌가 몰라."

서문현은 천마도로 인해 벌어지는 현 상황을 몹시 못마땅해했다.

"그래서 이번에 제대로 확인을 좀 해보려고 합니다."

"허! 설마 또 천마도 쟁탈전에 끼어들겠다는 말은 아니겠지? 듣자니 시중에 떠도는 천마도가 수십 장이 넘는다고 하더라. 부질없는 짓이야."

서문현이 정색을 하며 고개를 흔들었다.

"그래도 이번엔 조금 신빙성이 있는 정보입니다."

"무슨 정보기에?"

"검선과 마도가 은거한 이유가 바로 천마도 때문이라는 정보가 있습니다. 그리고 검선과 마도의 공동전인이라 할 수 있는 화산괴룡이 바로 진짜 천마도를 가지고 있다는."

일순 왁자하던 분위기가 일거에 가라앉았다.

대화상회를 공격한 화산괴룡이 검선은 물론이고 마도의 무공까지 전수받은 공동전인이란 말도 나름 충격이었고 그가 진짜 천마도를 지니고 있다는 말도 충격이었다.

"어디서 흘러나온 정보더냐?"

노가주가 조용히 물었다.

"하오문입니다."

서문진이 의미심장한 미소를 지으며 대답했다.

*　　　　*　　　　*

"하! 보면 볼수록 열받네."

풍월이 큼지막한 종이에 그려진 용모파기(容貌疤記—범인을 잡기 위하여 범인의 용모, 특징을 기록한 것)에 얼굴을 묻고 연신 씩씩거렸다.

"하하하! 그걸 아직도 버리지 않고 들고 있습니까?"

은혼이 너털웃음을 지으며 물었다.

풍월이 대답 대신 용모파기를 건넸다.

"대체 이런 괴물이 어디를 봐서 나라는 겁니까?"

얼떨결에 용모파기를 받아든 은혼이 화가 잔뜩 난 풍월과 용모파기에 그려진 얼굴을 번갈아 바라보더니 결국 웃음을 터뜨리고 말았다.

"크크크!"

손에 힘이 들어갔는지 용모파기가 와락 구겨졌다.

"그만 웃어요. 지금 웃음이 나옵니까?"

풍월이 버럭 화를 냈지만 한 번 터진 웃음은 쉽게 그치지 않았다.

"크흐흐! 아, 배, 배!"

한참을 웃어젖히던 은혼이 갑자기 배를 부여잡고 고통을 호소했다. 하지만 고통 속에서도 웃음을 참지 못하는 은혼의 모습에 풍월은 은혼의 손에 구겨진 용모파기를 낚아채 북북 찢어버렸다. 또다시 꺽꺽거리며 웃던 은혼이 겨우 정신을 차

리고 물었다.

"그러게 진작 버리지 뭐 볼 게 있다고 들고 옵니까?"

"벽에 붙어 있으니까 기념 삼아서 가져와 봤는데 볼수록 열이 받네요. 대체 어떤 인간이 그렸는지를 모르겠어요."

"그린 사람이 잘못이 아니라 풍 공자의 생김새를 묘사한 사람이 영망인 것 같은데요. 이건 뭐 사람이 아니라 괴물처럼 만들어놨으니. 흐흐흐! 아주 닮은 구석이 없는 것은 아니지만."

"뭐요?"

은혼이 도끼눈을 치켜뜨는 풍월의 시선을 슬며시 피하며 말했다.

"이거, 어쩌면 관부에서 괜히 무림의 일에 끼어들기 싫어서 그런 것일 수도 있다고 봅니다."

"그건 또 뭔 소린데요?"

"대화상회가 저 지경이 되었으니 관부에서도 뭔가를 하기는 해야 하지 않겠습니까. 그렇다고 돌아가는 모양새가 딱 봐도 무림의 일이잖아요. 하니 그냥 생색이나 내자는 거지요. 그 용모파기를 보고 누가 풍 공자를 떠올리겠습니까?"

"그건 그러네요."

일리가 있다고 여긴 풍월이 고개를 끄덕였다.

"다만 걸리는 일이 있습니다."

"그게 뭔… 피가 배어나는데 괜찮아요?"

풍월이 은혼의 옆구리가 붉게 물드는 것을 보며 걱정스레 물었다.

"아, 조금 전에 너무 웃었더니만 상처가 터진 모양입니다. 흐흐흐! 풍 공자를 놀린 벌을 이렇게 받네요."

은혼은 넉살 좋은 웃음과 함께 상처에 금창약을 뿌리고 깨끗한 천을 다시 덧댔다.

빠른 손길로 지혈하는 은혼을 보며 풍월은 마음이 무거웠다. 자신으로 인해 은혼은 큰 부상을 당했으며 묵영단원 셋은 목숨까지 잃었다.

은혼은 그것이 자신들의 임무였다면 마음에 두지 말라고 몇 번이나 강조를 했지만 풍월은 그렇게 쉽게 생각할 수 없었다. 어쨌든 그들에게 생명의 빚을 진 건 틀림없으니까.

언제고 빚은 꼭 갚겠다는 다짐을 했다.

"그나저나 뭐가 걸린다는 건데요?"

"소문이요. 이상하다고 생각하지 않습니까?"

"뭐요? 제가 천마도를 지니고 있다는 거요?"

풍월은 누가 들어도 기겁할 만한 질문을 너무도 태연하게 내뱉었다.

"그것도 그렇고 대화상회를 공격한 것이 풍 공자, 화산괴룡이라 알려진 것도요."

"그건 사실이잖아요."

"놈들이 언제 봤다고 풍 공자를 압니까?"

답답함을 느꼈는지 목소리가 커졌다.

"흠, 그건 또 그러네."

풍월이 고개를 갸웃거렸다.

"지금 상황을 살펴보면서 몇 가지 의문이 생겼습니다."

언제 장난을 치며 웃었냐는 듯 은혼의 표정이 더없이 진지했다.

"우선 대화상회를 지키고 있던 그놈들은 누굴까요? 놈들의 실력과 우리를 가두었던 기문진은 결코 평범한 것이 아닙니다. 특히 운무쇄금미혼진은 무림에서도 능히 세 손가락 안에 꼽히는 무서운 절진입니다. 그런 기문진이 대화상회에 펼쳐져 있었다고 세상에 말한다면 아무도 믿지 않을 겁니다."

"음."

풍월이 굳은 얼굴로 고개를 끄덕였다.

"또 하나, 우리가 대화상회를 공격한 이후 풍 공자가 검선과 마도의 공동전인이며 그분들이 갖고 사라진 천마도를 지니고 있다는 소문이 급격하게 퍼졌습니다. 왜 하필 그 시점, 대화상회를 공격한 직후에 퍼진 걸까요?"

풍월이 어깨를 들썩이며 고개를 저었다.

"참고로 현재 무림에는 검선과 마도 노선배들께서 천마도를

가지고 은거하셨고 그걸 공자께서 지니고 있다는 것을 아는 누군가, 혹은 세력이 있습니다."

풍월은 은혼이 말하려 하는 바를 곧바로 깨달았다.

"혈우야괴! 그 노괴를 수족으로 부린 놈들을 말하는 겁니까?"

"예, 귀살곡의 살수들을 심문했을 때 공자도 분명 확인하지 않았습니까. 애당초 놈들이 노린 것은 천마도. 매혼루와의 상잔은 부수적인 일이었습니다."

"은 형은 혹시 대화상회의 배후에 혈우야괴를 수족으로 부리던 자들이 있다고 생각하는 겁니까?"

"그렇다고 봅니다."

은혼의 단언에 잠시 동안 생각에 잠겼던 풍월은 문득 '보지 말아야 할 것을 보았다'라고 하던 노군영의 말이 떠올랐다. 그의 입에서 어이없는 웃음이 흘러나왔다.

"이거 재밌네요. 일이 돌아가는 상황을 종합해 보면 과거 천마도로 무림을 흔들었던 놈들과 혈우야괴를 수족처럼 부리는 놈들, 그리고 대화상회의 배후에 있는 놈들까지 결국 한 세력이라는 거잖아요."

"거의 확실하다고 봅니다."

"대단한데요. 이 정도 일을 꾸미려면 보통 세력은 아닐 텐데 아직까지 이름을 들어본 적이 없잖아요. 패천마궁에서도

몰랐지요?"

"예."

은혼이 힘없이 대답했다.

풍월의 말대로였다.

천마도는 둘째 치고 귀살곡, 사신각을 손에 넣은 혈우야괴를 수족으로 부렸다는 것 자체가 보통 세력이 아니라는 것인데, 천하제일의 정보망을 지녔다고 자부하는 묵영단이 그들의 존재 몰랐다는 그 자체가 수치스러운 일이었다.

                    *   *   *

장사 인근에 숨은 채 은혼과 묵영단원들의 부상 치료에 전념했던 풍월은 도망친 대화상회의 회주와 식솔들이 혹여 모습을 드러낼까 하여 잿더미로 변해 버린 대화상회 주변을 몇 번이나 배회하며 잠복까지 했다.

하지만 치료가 다 끝날 때까지 중간 관리들만 나서서 쓰레기를 치우는 등 재건 준비를 하자 결국 포기를 할 수밖에 없었다.

물론 영원히 포기한다는 의미는 아니었다. 다만 가장 핵심적인 인물이 서문세가에 있는 이상 마냥 시간을 버릴 수 없었기에 잠시 물러나는 것뿐이다. 우선은 암중에서 꿈틀대는 세

력의 실체를 보다 빨리 파악하기 위해서라도 서문세가로 향할 필요가 있었다.

장사에서 악양까지는 그리 먼 거리가 아니었다. 평소의 이동 속도라면 나흘 정도면 도착할 수 있었지만 막 치료를 끝낸 상태라 무리를 하여 이동하지 않았다.

장사를 떠난 풍월과 은혼 일행이 닷새 만에 악양에 도착했다. 때를 같이하여 은혼이 순후에게 요청했던 자료가 도착했다.

서문세가의 동향과 풍월의 부친 서문초에 대해 조사한 자료는 꽤나 많은 분량이었다. 모든 정보가 유용했으나 무엇보다 풍월의 눈을 끈 것은 부친에 대한 자료였다.

서문세가에서도 별다른 존재감이 없던 터라 특별한 내용은 없었다. 그저 서문세가에 속한 표국에서 표사로 일하다가 사고로 목숨을 잃었다는 정도였는데 풍월도 이미 알고 있는 사실이었다.

하지만 단 한 가지. 부친의 모친, 다시 말해 할머니가 이제 겨우 열 살이 된 사촌 동생과 살아 계시다는 것을 확인했을 때 풍월은 그 자리에서 한참 동안이나 움직이지 못했다. 외숙에게 남은 가족이 있느냐고 물었을 때 인연이 끊긴 지 이십 년이 넘어 그런지 제대로 된 말을 듣지 못했기 때문이다.

그렇게 흥분과 걱정, 반가움이 뒤섞인 상황에서 악양 외곽,

비교적 허름한 객점에 여장을 푼 풍월은 휴식을 취할 생각도 없이 곧바로 서문세가로 향하려 했다.

"그냥 정문으로 들어간다고요?"

"뭘 그리 놀랩니까? 못 올 곳도 아닌데."

풍월의 웃음에 은혼이 단호히 고개를 저었다.

"안 됩니다. 어떤 위험이 있는지 확인이 되지 않았습니다."

"그걸 확인하려고 들어가는 겁니다."

"공자!"

"어차피 밖에서 확인할 수도 없잖습니까? 솔직히 서문세가가 만만한 곳도 아니고요. 솔직히 은 형이나 묵영단 입장에서도 신분을 들키는 건 부담이잖습니까?"

"그, 그건 그렇지만……."

은혼이 말끝을 흐렸다. 이미 사대세가만큼이나 세를 키우고 명성을 얻은 서문세가다. 정무련에서도 한 축을 담당하고 있는 이상 풍월의 말대로 자칫하면 큰 문제로 발전할 수 있기 때문이었다.

"무엇보다 할머니와 동생을 빨리 보고 싶습니다."

"할머님께서 머무는 곳은 서문세가 밖입니다. 악양표국에서 얼마 떨어지지 않은 곳에……."

"압니다. 하지만 풍 형도 알다시피 한 달이면 이십 일 이상을 서문세가에서 보내신다고 적혀 있잖아요. 그리고 이미 집

에 계시지 않는다는 것도 알고요."

"아무리 그렇다고 해도 너무 위험합니다. 더구나 화산괴룡의 소문이 악양까지 파다하게 퍼진 상황에서 아무런 준비 없이 서문세가로 간다는 것은 위험을 자초하는 일입니다."

은혼은 고집을 꺾지 않았다.

"제가 화산괴룡임을 아는 사람이 누가 있을까요? 그리고 이 방을 나서는 순간부터 전 풍월이 아니라 서문월입니다."

"예?"

"할머니를 뵙는데 아버지 성을 버릴 수는 없어서요."

씨익 웃는 풍월을 보며 은혼은 그를 말릴 수 있는 방법이 없다는 것을 깨달았다.

                    *   *   *

악양의 서쪽 외곽에 돌산이 하나 있다.

돌산의 형태가 마치 거북이 엎드려 있는 형상이라 하여 구복(龜伏)이라는 이름이 붙었는데 돌산의 영향 때문인지 주변 들판은 온통 자갈투성이라 농사를 짓기가 거의 불가능했다.

그런데 언제부터인가 '서문'이란 성을 지닌 사람들이 하나둘 모여들며 돌산 주변을 개간하기 시작했다.

시작은 미미했지만 세월이 흘러 서문 씨는 구복 지역을 중

심으로 거대한 집성촌을 이루었다. 더불어 무림을 대표하는
세력을 키워내니 바로 서문세가였다.

서문세가는 악양과 구복의 중간쯤에 세워졌는데 담장의 길
이만 무려 십 리요, 상주하는 인구만 천 명이 넘을 정도였다.

"이야! 대단하네."

풍월이 성벽만큼이나 높고 위풍당당한 담장을 보곤 혀를
내둘렀다. 담장의 길이만 십 리라더니 한눈에 다 집어넣을 수
가 없었다.

"크긴 정말 크다."

풍월은 그야말로 압도적인 서문세가의 위용에 연신 감탄을
터뜨리며 걸음을 옮겼다.

이 장 높이의 정문은 활짝 열려 있었다. 정문을 지키는 무
인들의 수는 정확히 다섯이었는데 절도 있는 자세하며 날카로
운 눈빛이 과연 명문세가의 제자들이라 할 만했다.

풍월이 정문에 도착하자 접근할 때부터 그를 관찰하고 있
던 젊은 무인이 한 걸음 앞으로 나서며 물었다.

"누구십니까?"

"서문월이라고 합니다."

"무슨 일로 방문하셨는지요?"

질문을 하는 사내는 예의를 잃지 않았고 표정 또한 부드러
워졌다.

"할머니께서 강무관(講武館)에서 일을 하고 계십니다. 오랫동안 뵙지를 못해서……."

"아, 그렇시군요. 잠시만 기다려 주십시오."

정중히 부탁한 사내가 안쪽으로 급히 뛰어갔다. 잠시 후, 그가 상관으로 보이는 서른 중반의 사내를 대동하고 나타났다.

"이 친군가?"

"예."

풍월이 공손히 인사를 했다.

"서문월이라고 합니다."

"서문상이네. 그래, 강무관에 계신 할머니를 뵈러 왔다고?"

"그렇습니다."

"못 보던 얼굴인데 본가를 방문하는 것은 처음인가?"

계속 질문을 던졌지만 서문상의 태도 역시 정중했다.

'문을 지키는 자들부터 절도가 넘치네.'

명문 세가는 뭔가 다르다는 것을 느끼면서 고개를 끄덕였다.

"예, 이곳이 아니라 먼 곳에서 나고 자란지라……."

"그렇군. 본가에 방문한 것을 환영하네. 운영."

"예, 조장님."

"이 친구를 강무관까지 안내해 주고 오게."

"알겠습니다. 자, 가시지요."

선운영이 앞장서 걷자 풍월이 서문상에게 예를 표했다.

"감사합니다."

"감사는 무슨. 할머님이나 잘 만나 뵙게나."

서문상이 여유 있는 웃음과 함께 몸을 돌렸다.

"그런데 세가를 방문하는 사람은 늘 이렇게 안내를 해주시는 겁니까?"

선운영은 어깨를 나란히 하고 묻는 풍월의 말에 살짝 어색한 미소를 지었다.

"그렇지는 않습니다. 세가의 규모가 워낙 큰지라 처음 방문하는 사람들이 길을 잃는 경우가 종종 생겨서요."

물론 거기에 더해 낯선 자들을 감시하기 위함이라는 뜻이 있으나 선운영은 군이 설명을 하지는 않았다.

"아, 그렇군요."

풍월은 별다른 생각 없이 고개를 끄덕였다. 규모가 규모이니만큼 어쩌면 당연한 것이라 여긴 것이다.

전각 사이로 걸음을 걷는 중 갑자기 시야가 확 트이며 거대한 공터가 나타났다.

"이곳이 대연무장입니다."

사방 삼십 장 규모, 실로 거대한 연무장의 위용에 입이 쩍 벌어졌다. 비무대회가 열렸던 화산의 연무장도 작은 것은 아

니었지만 이에 비하면 실로 초라할 지경이었다.

"대단하네요."

풍월의 감탄에 선운영은 어깨에 힘을 주며 말했다.

"가끔씩 세가의 제자들이 한데 모여 수련을 할 때가 있는데 그런 장관이 없습니다."

"확실히 그럴 것 같습니다."

"연무장 뒤편 저 건물을 지나면 강무관이 보입니다."

강무관이란 말에 풍월의 표정이 확 바뀌는 것을 본 선운영이 씨익 웃었다.

"조금 서둘러 볼까요?"

대답 없이 고개만 끄덕이는 풍월, 바삐 걸음을 옮긴 두 사람은 대연무장을 지나 곧 강무관에 도착할 수 있었다.

화려한 주변 전각과는 다르게 투박하면서도 어딘지 모르게 힘이 느껴지는 강무관 옆에는 조그만 규모의 연무장이 딸려 있었다.

대연무장과 비교해서 그렇지 강무관의 연무장 또한 작다고는 할 수 없는 크기였다.

"할머님께서 강문관에서 일을 하신다고 그랬지요? 오찬 때라 그런지 다들 바쁘네요."

강무관 주변으로 바삐 움직이는 여인들을 가리키며 말했다.

그런데 여인들, 정확히는 강무관을 바라보는 선운영의 눈에
는 부러움이 가득했다. 서문 씨가 아닌 자신은 결코 강무관에
들어갈 수 없었기 때문이다.

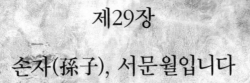

제29장

손자(孫子), 서문월입니다

　강무관은 최고의 훈육 교관들이 상주하며 서문세가의 직계
와 방계의 후손들에게 무공을 가르치는 곳이다. 그들에겐 세
가에서 막대한 비용을 투자해 만든 영약이 제공이 되고 입는
옷, 사용하는 물건, 음식 등 모든 것들이 최상으로 제공이 된
다.

　외부에서 따로 들인 제자들 또한 소수나마 함께 가르침을
배울 기회가 허락되는데 그들 대부분은 세가의 동량이 될 만
한 자질을 지녔거나 세가에 큰 공을 세운 자들의 핏줄에게만
허용이 되었다.

선운영처럼 단순히 서문세가의 무공을 배우기 위해 세가에 들어온 제자들은 언감생심 꿈도 꾸지 못하는 곳이다.

그렇다고 서문세가가 일반 제자들을 크게 차별하지는 않았다.

어찌 보면 다른 세가, 문파들에 비해 훨씬 좋은 대우를 해줬다.

핵심적인 가전무공을 제외하고 배우는 자의 능력이 되는 한에서 모든 무공을 아낌없이 전수했고 의식주까지 거의 완벽하게 해결을 해주었다.

그랬기에 다들 큰 불만은 없었다. 그저 가질 수 없는 것에 대한 동경 딱 그 정도였다.

"강무관은 외부인이 함부로 출입할 수 없는 곳입니다. 할머님의 성함을 알려주시지요. 제가 모시고 오겠습니다."

선운영이 친절히 설명을 했지만 풍월은 듣고 있지 않았다.

언제부터인지 풍월은 미동도 없이 한 노파를 바라보고 있었다.

오 척 단구의 여린 체격에 뼈만 남았다고 할 정도로 많이 말랐다.

살짝 굽은 등은 그렇지 않아도 작은 체구를 더욱 작게 만들었다.

자글자글한 주름이 가득한 얼굴엔 세월의 흔적이 역력했고

다리가 불편한 것인지 걸을 때마다 몸이 뒤뚱거렸다.

앞치마에 가려져 있지만 입고 있는 옷도 상당히 해진 것이 세가 내에서 그다지 좋은 대접을 받고 있는 것 같지는 않았다.

할머니다.

난생 처음 보는 노파지만 직감적으로 알 수 있었다. 항주에서 외숙을 처음 만났을 때도 이런 느낌이 있었지만 지금은 그때보다 강렬했다.

외숙이야 얼굴에서 어머니의 그림자를 보았기에 그렇다 쳐도 아버지의 얼굴을 모르는 상황에서 할머니와는 아무런 접점이 있을 수 없었다.

그럼에도 알 수 있었다.

지친 기색이 역력한 얼굴로 머리에 음식을 지고 연무장 한 켠에 마련된 탁자를 향해 힘겹게 걸음을 옮기는 노파가 바로 자신의 할머니라는 것을.

"저기……."

무슨 말인가를 하려던 선운영은 격하게 흔들리는 풍월의 눈동자를 확인하곤 조용히 입을 다물었다. 그러고는 풍월의 시선을 따라 고개를 움직였다.

병든 노파가 눈에 띄었다. 서문월의 눈치를 보건대 그가 찾는 할머니가 분명했다.

'강무관에선 대체 뭐 하는 거지? 저런 환자나 다름없는 노파를.'

선운영은 가쁜 숨을 내뱉으며 걸음을 옮기는 것조차 힘들어 하는 노파를 보며 가슴이 답답했다. 자신이 잘못한 것도 아닌데 괜스레 미안한 마음이 들었다.

심호흡을 한 풍월이 노파를 향해 성큼 걸음을 옮겼다.

"안 됩니다. 여기는 외인이……."

풍월을 말리려던 선운영은 이내 고개를 흔들고 풍월의 뒤를 따라 뛰었다.

그때, 질그릇 깨지는 소리와 함께 노파가 넘어졌다.

노파가 머리에 이고 가던 음식물이 사방으로 튀었다.

주변의 시선이 일제히 노파에게 향했다.

노파는 힘없이 바닥에 쓰러져 있었고 바로 그 앞, 눈이 부실 정도로 하얀 무복을 입은 이십 대 초반의 청년이 노한 얼굴로 그녀를 바라보고 있었다.

청년은 자신의 옷을 더럽힌 오물을 손으로 몇 번 쳐내다가 노파를 향해 육두문자를 내뱉었다.

"아이, 씨팔! 지금 뭐 하자는 거야, 할매!"

"죄, 죄송합니다. 죄송합니다, 공자."

서둘러 일어나려다 다시 주저앉은 노파가 엎드린 채 머리를 조아리며 용서를 빌었다.

"이게 어떤 옷인 줄 알아. 이거 어떻게 할 건데?"

청년이 오물이 묻은 무복을 벗어 노파에게 집어 던지며 소리쳤다.

"죄송합니다. 제, 제가 깨끗하게 세탁을 해서……"

노파가 벌벌 떨리는 손으로 무복을 잡자 청년이 옷을 확 낚아챘다. 그 바람에 무복을 잡고 있던 노파의 몸이 다시금 힘없이 나뒹굴었다.

"어디서 그 더러운 손을 대."

청년은 마치 벌레를 보는 듯한 표정으로 노파를 노려보았다. 노파와 함께 일을 하던 이들이 혐오스러운 얼굴로 청년을 바라보았다.

청년의 이름은 서문기, 서문세가 실세 중 한 명인 감찰당주 서문겸의 외아들로 머리가 비상하고 무재가 있어 장차 서문세가를 이끌 후기지수로 촉망받는 기재였다.

다만 상당히 신경질적이고 안하무인(眼下無人)의 성격으로 인해 세가 식솔들에겐 그다지 신망을 얻지 못한 자였다. 특히 강무관에서 수련을 할 때는 더욱 예민하여 지금껏 많은 문제를 일으켜 왔다.

그런데 하필 노파가 그의 옷을 더럽힌 것이다. 사실 그것도 노파의 잘못이라곤 할 수 없었다. 애당초 노파의 몸을 밀쳐 쓰러뜨린 사람이 서문기였으니까.

"그만해."

땀으로 범벅이 된 청년이 금방이라도 노파를 칠 것 같은 기세로 씩씩거리는 서문기의 팔을 잡았다.

"놔요."

"나이 드신 분께 지금 뭐 하는 짓이야?"

서문기와 함께 수련을 하고 있는 서문웅이 앞을 가로막자 서문기는 더욱 목소리를 높였다.

"안 보입니까? 저 할매가 내 옷을 이 꼴로 만들었어요. 오늘이 제 생일이라고 어머니가 마련해 주신 귀한 옷을 완전히 망가뜨렸다고요."

망가뜨렸다고 하기엔 좀 그렇지만 서문웅이 보기에도 옷에 묻은 얼룩은 좀처럼 지워지지 않을 것 같았다. 그렇다 해도 서문기의 행동은 분명 지나쳤다.

"아무리 그렇다고 해도 나이 드신 분을 이렇게 대해선 안 되지. 자자, 그만하자. 보는 눈이 많다."

평소 지랄 같은 서문기의 성격을 알기에 팔을 잡아끌며 어떻게든지 달래보려고 했지만 소용없었다.

"보는 눈이 많으면 뭐요? 쌍! 나이가 들었으면 집구석에 처박혀 조용히 뒈지던지. 왜 나와서 지랄이냐고."

서문기는 서문웅이 말리는 것도 마음에 들지 않는지 계속해서 험한 말을 내뱉었다.

"죄송합니다. 죄송합니다, 공자. 제가 어떻게든 변상을 해 드리겠습니다."

노파는 일어날 생각도 못하고 납작 엎드려 연신 사과를 했 다.

그때, 몇 번이고 머리를 조아리며 사과하던 노파가 사람들 사이에서 울고 있는 꼬마를 발견하곤 황급히 손짓을 했다. 꼬 마는 할머니의 비참한 모습에 꽤나 충격을 받은 듯 멍하니 서 있었다.

노파가 손자에게 안심을 하라는 듯 손짓하며 억지 미소를 지었는데 그런 노파의 모습이 서문기의 심기를 제대로 건드렸 다.

"웃어? 이 할매가 미쳤나?"

서문웅을 확 뿌리쳐 버린 서문기가 노파를 향해 들소처럼 돌진했다.

"내 옷을 저리 만들어놓고 지금 웃음이 나와? 저 꼬마 새끼 가 손자인 모양이지. 어떻게, 꼬마 놈을 내 옷처럼 만들어줄 까?"

"아, 안 됩니다. 용, 용서를……."

행여나 손자에게 해코지를 할까 겁에 질린 노파가 서문기의 다리를 잡고 눈물을 흘렸다.

"그 더러운 손을 어디다 자꾸 대고 지랄……."

서문기는 말을 잇지 못했다. 갑자기 나타난 손이 그의 입을 틀어막은 것이다.

서문기는 자신의 몸이 어디론가 끌려간다는 것을 느끼곤 본능적으로 몸을 비틀며 주먹질을 했다.

그런데 팔이 채 펴지기도 전에 머리에 엄청난 충격을 받았다.

꽝! 꽝! 꽝!

정신이 혼미해질 정도의 충격이 연이어 전해졌다.

서문기의 몸이 축 늘어졌다.

볼을 타고 흘러내리는 액체가 자신의 머리에서 난 피라는 것은 느껴졌지만 머리에 받은 충격 때문에 아무런 생각도 행동도 할 수 없었다.

"싸가지 없는 새끼."

풍월의 음성은 살벌했다.

처음부터 나서야 했다.

서문웅이 나서기에 잠시 멈칫거렸던 자신의 행동에 불같이 화가 났다. 그로 인해 할머니는 받지 않아도 될 모욕을 받았다.

"후!"

치미는 화를 참기 위해 이를 악문 풍월이 축 늘어진 서문기의 몸을 집어 던졌다. 하필이면 그곳이 노파가 음식을 쏟은

곳이다.

서문기의 몸이 쏟아진 음식과 뒤섞이며 엉망이 되었다.

눈 깜짝할 사이에 벌어진 일에 아무도 입을 열지 못했다. 그저 경악한 얼굴로 풍월을 바라볼 뿐이었다.

그건 서문웅 또한 마찬가지였다.

자신의 손을 뿌리치고 달려가 패악질을 하던 서문기가 박살이 났다.

느닷없이 나타나 서문기의 입을 틀어막은 사내는 벗어나려는 서문기의 머리를 그대로 강무관의 벽에 짓이겨 버렸다.

한 번, 두 번, 세 번.

벽도 깨지고 머리도 깨졌다.

축 늘어진 서문기를 쓰레기 버리듯 오물에 던져 버리는 사내의 눈은 지독할 정도로 섬뜩했다. 그 눈빛에 퍼뜩 정신을 차렸다.

때마침 오전 수련에 지쳐 연무장 한편에서 쉬고 있던 자들이 번개처럼 달려왔다. 서문기가 무슨 짓을 하던 관심 없다는 듯 딴짓을 하던 이들이었다.

우르르 달려온 사내들이 풍월을 에워쌌다.

"이게 무슨 짓이냐?"

누군가 물었다.

대답을 하기도 전에 공격을 하는 자가 있었다. 서문기와 유

난히 친분이 두터운 서문복이다.

변명의 여지도 없이 다짜고짜 공격을 해오는 서문복의 행동에 겨우 참았던 풍월의 화가 다시 폭발했다.

서문기가 할머니에게 무슨 짓을 하고 있는지 모를 리가 없었으면서도 아예 관심조차 가지지 않던 자들. 어차피 서문기와 같은 종자였다.

서문복의 주먹이 풍월의 얼굴을 향해 오다 교묘하게 틀어져 가슴을 노렸다.

제 딴에는 그럴듯한 공격이라 자부하겠지만 풍월의 입장에선 그저 그런 공격일 뿐이다.

주먹을 살짝 흘리며 손목을 낚아챈 풍월이 힘을 주자 그대로 손목이 부러졌다.

부러진 뼈가 핏줄기와 함께 살갗을 뚫고 나왔다. 비명은 그 뒤였다.

"끄아아악!"

서문복이 발광을 하며 몸부림치자 풍월이 귀찮다는 듯 던져 버렸다. 공교롭게도 서문기의 피로 얼룩진 담장에 부딪친 서문복은 충격을 이기지 못하고 그대로 혼절해 버렸다.

서문기에 이어 서문복까지 처참하게 당하자 모두의 눈에 핏발이 섰다. 평소의 행실이 어떻든 서문기와 서문복은 그들의 형제였다.

풍월을 에워싼 이들의 전신에서 무시무시한 살기가 뿜어져 나왔다. 이런 상황을 원한 건 아니었지만 이미 벌어진 일이다. 그냥 당할 수 없었던 풍월 역시 서서히 기세를 올렸다.

"멈춰랏!"

우렁찬 외침과 함께 강무관에서 한 사내가 달려 나왔다. 사내의 표정을 보니 다급히 뛰어나온 기색이 역력했다.

"지금 뭣들 하는 거야? 다들 물러나."

강무관에서 달려온 사내, 서문휘의 외침에 풍월을 에워쌌던 이들이 몇 걸음 물러났다. 하지만 풍월에 대한 살기까지 수그러든 것은 아니었다.

서문휘의 시선이 처참하게 박살이 난 채 혼절해 있는 서문기와 서문복에 향했다. 굵은 눈썹이 역으로 휘었다.

"바보처럼 보고만 있을 거야? 당장 데리고 가서 치료를 해야지."

서문휘의 외침에 부랴부랴 서문기와 서문복을 챙겼다. 그들이 형제들의 등에 업혀 떠나가는 것을 지켜보던 서문휘가 주위를 둘러보며 물었다.

"대체 어찌 된 일이야?"

서문웅이 한 걸음 앞으로 나섰다. 그러고는 조금 전에 벌어졌던 상황에 대해 빠르게 설명을 했다.

서문휘는 미간을 찌푸린 채 서문웅의 얘기를 듣다가 그의

말이 끝나자 땅이 꺼져라 한숨을 내쉬었다.

서문기의 행동이 최근 들어 더욱 거칠어졌다는 것을 의식은 하고 있었지만 그래도 몇 번이나 주의를 주었기에 이런 식으로 사고를 칠 줄은 생각지 못했다.

게다가 상대가 몹시 좋지 않았다. 비록 세가에서 허드렛일을 하고는 있다지만 나이 많은 노파에게 입에 담기도 힘든 욕설이라니. 부상이 나은 후 잘못된 행동에 대한 대가를 반드시 치르게 해주겠다고 내심 다짐했다.

서문휘의 시선이 풍월에게 향했다.

서문세가에서, 다른 사람도 아니고 서문세가의 핏줄들을 처참하게 뭉개 버린 사람이라곤 생각할 수 없을 정도로 여유가 넘쳤다.

주변을 에워싸고 거친 살기를 내뿜는 형제들 따위는 안중에도 두지 않는다는 태도에 솔직히 감탄이 나왔다. 만약 자신이 상대의 입장에 처한다고 해도 이렇게 여유로운 모습을 유지할 수 있을까 생각을 해봤지만 어림도 없었다.

하지만 감탄은 감탄일 뿐 그가 서문세가의 핏줄을 건드렸다는 것은 부정할 수 없는 사실이다.

그로 인해 서문세가의 체면이 떨어졌다는 것 또한. 모든 일의 시작이 서문기로부터 시작되었음에도 책임을 묻지 않을 수 없었다.

"서문휘라 하오."

서문휘가 풍월에게 자신의 신분을 밝혔다. 풍월의 눈동자가 반짝거렸다. 서문휘, 은혼이 건네준 보고서를 통해 익히 알고 있는 이름이었다.

서문휘는 현 가주 서문진의 장자이자 서문세가의 미래라 불리는 인걸(人傑)이다.

훤칠한 키에 당당한 체구, 어디다 내놔도 빠지지 않을 정도로 잘생긴 얼굴에 인품까지 좋아 남녀노소 그를 좋아하지 않는 사람이 없었다.

서문세가 역사상 최고로 꼽힐 정도로 뛰어난 무재를 지니고 태어난 터라 세가의 모든 기대까지 한 몸에 받는 인물이기도 했다. 덕분에 형제들과 치열한 경쟁을 펼쳤던 부친과는 달리 일찌감치 차기 후계자로 낙점을 받기도 했다.

'확실히 뛰어나 보이네. 서문세가 역사상 최고의 인재라는 보고서가 과장이 아니었어.'

풍월은 내공을 갈무리한 채 자신의 힘을 드러내지 않고 있는 서문휘의 실력을 정확히 꿰뚫어 보았다.

"서문월입니다."

풍월이 가볍게 고개를 숙였다.

"상황이 어찌 돌아갔는지는 정확히 들었소. 창피하고 부끄러워 고개를 들지 못하겠소. 하나, 그 녀석이 아무리 잘못을

했다고 하더라도 세가의 일이오. 놈을 벌주고 처벌하는 것 또한 당연히 본가의 일. 녀석의 폭주를 막아준 것에 대해선 고맙게 생각하오만 그 과정에서 손속이 너무 지나쳤다고 생각하지 않소?"

"전혀."

풍월이 고개를 저으며 말을 이었다.

"그 정도에서 그친 것도 많이 봐준 것입니다. 생각 같아선 아예 숨통을 끊어버리려고 했으니까."

풍월의 말에 사방에서 고함과 욕설이 터져 나왔다. 주변의 분위기가 어찌나 살벌한지 서문휘가 한참이나 진정을 시킨 다음에야 비로소 조용해졌다.

"말을 너무 함부로 하는 것 같소. 앞서 말했지만 놈을 벌주고 처벌하는 것은 본가의 일이오."

"하면 그 싸가지 없는 놈이 패악질을 부리는 것을 그냥 두고 보라는 말입니까?"

풍월이 빈정거리며 물었다.

"적당히 말리는 선에서 끝냈어야 했다는 말이오."

"웃기는군."

"뭣이!"

풍월의 무례함에 서문휘도 인내심이 바닥난 듯 보였다.

"한 가지 묻지요. 서문세가는 존장에 대한 예의가 없는 곳

입니까?"

"말을 삼가라. 본가를 모욕하려는 것인가?"

서문휘의 말투가 거칠어지기 시작했다.

"지금 상황이 그렇지 않습니까? 이해가 되지 않는다면 쉽게 설명을 해드리지요."

차갑게 웃은 풍월이 불안에 떠는 손자를 꼭 안고 있는 노파를 향해 걸어갔다.

할머니의 떨리는 눈빛에 묵직한 뭔가가 가슴을 때렸다.

자신이 할머니를 살폈던 것처럼 할머니 역시 그 와중에서 자신을 살펴보고 있는 것이 아닌가. 단순히 은인에 대한 고마움이나 걱정이 아닌 뭔가 굉장히 혼란한 눈빛이었다.

"그 쓰레기가 패악질을 부린 이분은 서문초라는 분의 모친이 되십니다."

풍월의 입에서 서문초라는 이름이 흘러나오자 노파의 몸이 벼락 맞은 사람처럼 흔들렸다. 다른 이들은 그저 의혹에 찬 눈빛만을 보낼 뿐이다.

"서문초라는 이름이 낯설 것입니다. 당연하지요. 악양표국에서 표사로 잠시 활동한 것이 전부니까요. 세월도 제법 흘렀고. 하지만 한낱 표국의 표사로 지냈던 그분이 현 가주님의 팔촌 형제라면 어찌 되는 것입니까?"

"그, 그게 무슨……."

서문휘는 상상도 하지 못한 말에 말을 더듬었다.

"좋습니다. 솔직히 서문세가처럼 후손이 많은 상황에서 팔촌이라면 남이나 다름없다고 치지요. 딱히 존재감도 없으셨다고 하니까. 하지만 저분은 어떻습니까?"

풍월이 바들바들 떨고 있는 노파를 가리키며 목청을 높였다.

"자식이 팔촌이면 윗대는 육촌입니다. 무슨 말인지 이해하시겠습니까? 저분의 남편께서 전대 가주님과 육촌 되시는 분이란 말입니다. 그런 분께 그 쓰레기 같은 놈이 입에 담기도 힘든 욕설과 함께 패악질을 저지른 겁니다. 왜요? 육촌도 눈에 차지 않습니까?"

"……."

입을 꽉 다문 서문휘는 큰 충격을 받은 듯 말이 없었다.

풍월의 싸늘한 눈초리가 주변 모두에게 향했다.

"그리고 당신들은 저놈의 패악질을 보면서도 아예 관심조차 갖지 않았고. 명문세가의 핏줄이라는 자들이……."

풍월과 시선을 마주친 자들이 분분히 고개를 돌렸다. 그 모습에 가소롭다는 듯 혀를 찬 풍월이 아직도 큰 혼란에 빠져 있는 할머니에게 몸을 돌렸다.

풍월이 환한 미소를 지으며 노파에게 걸어갔다.

얼굴은 웃고 있으나 두 눈에는 이미 눈물이 하나 가득 고

여 있었다.

"으, 은공. 은공이 어찌하여 제 처지를… 아들의 이름을 아는 것입니까?"

노파가 떨리는 음성으로 물었다.

"은공이라니요."

풍월이 그대로 무릎을 꿇었다. 그러고는 머리가 깨지도록 절을 하며 소리쳤다.

"손자 서문월입니다, 할머니!"

                    *   *   *

"흐흐흐. 고놈 참 누구 동생인지 잘생겼다."

풍월은 자기의 무릎을 베고 쌔근쌔근 자고 있는 서문호의 머리카락을 쓸어 넘겨주며 웃었다.

"지금 웃음이 나옵니까?"

대형 사고를 치고 온 상황에서 너무도 태연스러운 모습에 은혼은 복장이 터질 것 같았다.

"이리 예쁜 동생을 만났는데 웃음이 나오는 게 당연하지요. 눈썹이 짙고 콧날이 오똑한 것이 이놈 커서 여자깨나 울리겠어요."

풍월이 서문호의 볼에 자신의 볼을 마구 비벼댔다. 처음 만

난 사촌 형임에도 전혀 낯을 가리지 않고 심지어 잠이 들 때까지 떨어지지 않으려던 서문호의 모습이 그렇게 예쁠 수가 없었다.

"처음 본 동생이 예쁘고 귀여운 것은 당연한 것입니다만 지금은 그게 중요한 것이 아니지 않습니까?"

풍월이 사촌 동생의 볼에 입맞춤을 한 뒤 고개를 들었다.

"그럼 뭐가 중요한 거랍니까?"

"대책을 세워야지요. 설마 약속을 지킬 생각은 아니겠지요?"

"무슨 소립니까. 당연히 지켜야지요."

"풍 공자!"

목소리를 높이던 은혼이 아차 하는 얼굴로 얼른 목소리를 낮췄다. 바로 옆방에 존재조차 알지 못했던 손자를 만나 하루 종일 기쁨의 눈물을 흘리다 거의 탈진하여 잠이 든 할머니가 계시기 때문이었다.

"내일 다시 오겠다는 제 말을 믿고 보내줬습니다. 제 말에 대한 진위 여부도 제대로 가리지 않고 말이지요. 지금이야 뭐 열심히 확인하고 있겠지만. 아무튼 믿음을 저버릴 수는 없습니다."

풍월이 서문기와 서문복을 박살 냈음에도 서문휘는 서문기가 욕보인 노파가 자신들의 큰 어른뻘이 된다는 풍월의 말을

확인하지도 않고 그가 할머니를 모시고 세가 밖에 있는 처소로 갈 수 있도록 배려를 해줬다.

주변에 있던 형제들과 심지어 뒤늦게 소란을 알고 달려온 강무관의 훈육관들의 강한 반대가 있었지만 서문휘는 모든 이들의 반대에도 불구하고 자신의 주장을 관철했다. 그로 인해 벌어지는 모든 일의 책임을 스스로 지겠다는 선언과 함께.

서문세가의 차기 가주로 사실상 낙점된 상황에서 서문휘의 말 한마디 한마디에는 그만한 힘과 권위가 실려 있는 터. 책임을 지겠다는 말까지 나온 상황에서 끝까지 반대를 하기는 쉽지 않았다.

서문휘의 통 큰 결단 덕에 풍월은 눈물이 그치지 않는 할머니와 호기심 어린 눈빛으로 자신을 응시하는 사촌 동생을 데리고 악양표국 인근에 있는 할머니의 처소로 무사히 올 수 있었다.

"믿음이라. 좋은 거지요. 세간의 평가가 맞는다면 서문세가의 장손 서문휘는 확실히 그럴 만한 가치가 있는 사람입니다. 한데 문제는 풍 공자가 박살을 낸 놈이 감찰당주 서문겸의 아들이라는 겁니다."

풍월이 그게 어쨌다는 듯한 얼굴로 바라보자 은혼이 답답한지 옷깃을 풀어헤치며 말을 이었다.

"삼남에 불과한 서문진이 장자와 차자와의 경쟁에서 이기

고 가주가 되었습니다. 얼마나 치열한 싸움이 있었을지 상상이 가십니까? 대화상회와 더불어 서문진이 그 싸움에서 이길수 있도록 가장 큰 힘을 보태준 사람이 바로 막내 동생 이자 현 감찰당주인 서문겸입니다. 그런 자의 아들이 박살이 났으니 다들 가만히 있지 않으려 할 겁니다. 내일 서문세가로 들어간다고 했습니까? 틀림없이 사달이 납니다."

은혼의 경고에도 불구하고 풍월의 태도엔 변함이 없었다.

"흐흐흐! 그놈의 대가리를 깼을 때부터 예견된 상황이네요. 하지만 어쩝니까? 일은 이미 터졌으니 최대한 좋게 수습을 해 봐야지요."

"그게 수습이 될 일입니까!"

은혼이 참지 못하고 소리를 지르다 또다시 자신의 입을 틀어막았다.

"너무 걱정하지 마세요. 감찰당주고 지랄이고 명분은 분명히 제게 있으니까. 싸가지 없는 놈이 감히 누구를……."

풍월은 여전히 대수롭지 않게 생각하는 듯했으나 권력을 쥔 자들의 생리를 잘 아는 은혼은 달랐다.

"그 명분이라는 것도 서문겸 정도 되는 권력자라면 얼마든지 악용을 할 수 있는 겁니다. 이유야 어찌 되었든 공자께서도 두 사람을 박살 냈으니까요."

"그러니 어쩌라는 겁니까? 도망이라도 칠까요?"

풍월이 조금은 신경질적으로 물었다.

잠시 생각에 잠겼던 은혼이 굳은 표정으로 입을 열었다.

"차라리 노가주를 먼저 만나시는 게 어떻겠습니까?"

"예? 이미 은퇴를 하신 분을 만나서 무슨……."

"은퇴를 했지만 아직은 권력의 정점에 있는 사람입니다. 외부적으로야 서문진이 가주로서 모든 권력을 행사하는 것처럼 보이겠지만 실상은 다릅니다. 자잘한 일이야 서문진이 결정하지만 중요한 일들은 여전히 노가주의 재가가 있어야만 진행됩니다."

"막후의 실력자라는 말이군요."

"막후라기도 뭣하지요. 노가주가 여전히 서문세가를 틀어쥐고 있다는 건 어지간하면 다들 알고 있는 사실입니다."

"좋습니다. 하지만 이런 일로 노가주님을 만난다는 것도 좀 이상하지 않을까요? 저 같으면 만나주지도 않을 것 같은데요."

"아니요. 어쩌면 처음부터 노가주를 만났어야 하는지도 모릅니다."

"그건 또 무슨 말입니까?"

"공자께서 지금 밝히려는 사실들이 누구와 묶여 있는지 생각해 보면 답이 나오지요. 가주의 부인입니다. 서문세가의 안주인의 위치라는 것은 결코 가벼운 자리가 아닙니다. 게다가

서문세가의 모든 기대를 한 몸에 받고 있는 서문휘의 모친이기도 합니다. 그런 상황에서 공자께서 그녀의 치부를 꺼냈을 때 어떤 반응이 나올 것 같습니까?"

풍월의 표정이 조금은 굳어졌다.

"그렇게 따지자면 노가주 또한 마찬가지 아닐까요?"

은혼이 단호하게 고개를 저었다.

"부인과 며느리는 다릅니다. 더구나 그 며느리가 서문세가에 어떤 의도를 가지고 접근했으며 악영향을 끼치고 있다면 더욱 그렇지요. 노가주는 서문세가를 지금의 위치까지 성장시킨 사람입니다. 다른 누구보다 서문세가의 명예와 자부심에 흠집……."

은혼이 갑자기 말끝을 흐렸다. 풍월이 손짓하며 그의 말을 막았기 때문이다.

굳이 묻지 않아도 이유를 알 수 있었다.

은혼 역시 잠이 든 서문호를 가만히 누인 풍월이 방문을 나서는 시점에서 누군가 은밀히 접근하는 기척을 느낀 것이다.

방을 나선 풍월이 집밖으로 걸음을 옮겼다.

낯선 이를 집 안에 들일 생각이 없었다. 그렇잖아도 낮의 일 때문에 불안해하는 할머니에게 또 다른 걱정을 안겨주기 싫었다.

"날 만나러 온 것 같은데 그만 나오는 것이 어떨까?"

풍월의 말에 담벼락 밑에서 검은 그림자가 모습을 드러냈다. 머리에서 발끝까지 완벽하게 흑색인지라 마치 귀신을 보는 듯했다.

"누굽니까?"

"본가에서 왔습니다."

검은 그림자가 말했다.

"본가라면 서문세가?"

"그렇습니다."

"설마 도망친다고 생각한 겁니까? 약속은 지킵니다. 약속한 대로 내일 아침에 세가로 들어가겠습니다."

"그 때문이 아니라 공자를 뵙고자 하는 분이 계십니다."

"저를요?"

풍월이 놀란 눈으로 물었다.

"예."

"누가요?"

"……."

"누군지도 모르고 갈 수는 없지 않습니까? 막말로 당신이 서문세가의 사람인지도 알 수 없는 것이고."

풍월의 힐난에 잠시 고민을 하던 그림자가 말했다.

"청송헌의 어른께서 공자를 부르셨습니다."

"청송헌이라고 해도 누군지는……."

고개를 갸웃거리던 풍월이 눈을 크게 떴다. 패천마궁이 은혼을 통해 보내온 서문세가의 기록을 기억한 것이다.

"노가주께서 부르신다는 겁니까?"

"예."

"저를 어찌 알고, 아니, 그보다는 이 밤중에 무슨 일로 부르시는 거지요?"

"그건 제가 알지 못합니다. 제게 맡겨진 임무는 그저 공자님을 모셔오라는 것뿐입니다."

"제가 거부하면요?"

전혀 예상 밖의 물음인지 그림자의 눈빛이 크게 흔들리는 것이 느껴졌다.

"하하! 농담입니다. 잠시 기다려 주시지요. 준비를 하고 나오겠습니다."

가볍게 웃음을 보인 풍월이 서둘러 집으로 들어갔다. 사정 얘기를 들은 은혼의 표정은 결코 밝지 않았다.

"아무래도 느낌이 좋지 않습니다."

"뭡니까? 방금 전만 해도 노가주를 만나러 가라고 했던 사람이 은 형입니다."

"그때야 그랬지만… 노가주가 어째서 공자님을 부른 것인지 감이 오지 않습니다. 고작 낮의 일로 부른다는 것은 말이 되지 않는데."

"어쩌면 제 정체를 알고 있을 수도 있는 거지요."

은혼과는 달리 풍월은 뭔가 짐작하는 바가 있는 것 같았다.

"예?"

"소문이 악양까지 완전히 퍼졌다면서요. 화산괴룡이 천마도를 지니고 있다는."

"그래도 공자께서 화산괴룡이라는 것을 안다는 것은 거의 불가능합니다."

"어쩌면 꼬리를 밟혔을 수도 있는 거지요. 밖에 있는 자를 보니 만만치 않은 것 같더라고요."

"그건 그렇습니다."

은혼이 고개를 끄덕이며 인정했다. 창문을 통해 슬쩍 확인을 해보았는데 시야에는 잡혀도 좀처럼 기운을 읽을 수가 없었다. 어쩌면 조금 전 그가 접근하는 것을 느낄 수 있었던 것은 그가 자신의 존재를 일부러 노출시킨 것일지도 모른다는 생각이 들었다.

"어쨌건 이유가 궁금해서라도 다녀와야겠습니다."

"공자."

은혼이 걱정 가득한 얼굴로 그의 팔을 잡았다.

"괜찮아요. 대신 할머니와 호를 부탁합니다. 저야 어떤 상황에서라도 몸을 뺄 수 있지만……."

"걱정하지 마십시오. 만약의 상황을 대비해 준비토록 하겠습니다."

"고마워요"

풍월은 진심을 담은 눈빛으로 은혼을 응시하다 고개를 돌렸다.

풍월의 시선이 단잠에 빠져 있는 서문호에게 향했다. 따듯한 웃음이 입가에 머무는 것도 잠시, 곧바로 몸을 돌려 방문을 나섰다.

*　　　　*　　　　*

'이야, 대단하네.'

그림자를 따라 청송헌으로 향하던 풍월은 곳곳에서 느껴지는 은밀한 기운에 감탄을 금치 못했다.

지금껏 그가 만나본 이들 중 은신술이 가장 뛰어났던 이들은 매혼루의 살수들이었다. 한데 청송헌 곳곳에 은신해 있는 자들의 실력은 매혼루의 살수들 못지않았다. 게다가 본능적으로 느껴지는 것이 그들이 단순히 은신술만 뛰어난 것 같지는 않다는 것이다.

'서문세가에 이런 자들이 있었던가. 아니, 그보다 서문세가에서 제일 한적한 곳이 청송헌이라 들은 것 같았는데.'

잠시 패천마궁에서 보내온 보고서를 떠올려 봤다. 보고서 어디에도 은신해 있는 자들에 대한 설명이 없었다.

'누구든 비밀 병기 하나쯤은 지니고 있는 법이지.'

풍월은 청송헌을 지키는 이들이 서문세가의 비밀 병기이자 어쩌면 노가주가 가주에서 물러난 지금도 막강한 영향력을 행사할 수 있는 이유라 여겼다.

보름달이 중천에 떴을 때 풍월이 청송헌에 도착을 했다. 한데 그림자는 청송헌을 그냥 지나쳤다.

"노가주님은 어디에 계십니까?"

풍월이 물었다.

"밭에 계십니다."

그림자가 청송헌 뒤편의 조그만 텃밭을 가리켰다. 그림자는 그 자리에서 걸음을 멈췄지만 풍월은 노가주를 향해 계속 걸음을 내디뎠다.

'늙으면 잠이 없어진다더니만 야밤에 호미질이라니. 취미라면 실로 악취미네.'

풍월은 연신 호미질을 해대며 밭을 일구고 있는 노가주를 보며 혀를 찼다. 본인이야 어떤 마음으로 밭을 일구고 있는지는 몰라도 그 덕에 청송헌을 지키고 있는 사람들은 밤에도 고생을 해야 했으니까.

사위를 둘러보며 느긋하게 걸음을 놀리던 풍월이 뒤돌아

앉은 채 호미질에 여념이 없는 노가주를 살폈다.

달빛이 워낙 밝은 터라 시야는 전혀 방해를 받지 않았다.

서문세가의 전성기를 이끈 거인치고는 체구가 왜소한 편이었다. 밭일을 하기 위함인지 옷도 허름했다. 호미를 잡고 있는 손의 뼈마디도 앙상했다. 한데 호미질만큼은 힘에 넘쳤다. 가볍게 휘두르는 것 같은데 호미가 박힐 때마다 땅이 푹푹 파였다.

'노인네답지 않게 기운은 참 좋⋯⋯.'

힘찬 호미질을 보며 웃던 풍월의 얼굴이 그대로 굳었다.

걸음도 멎었다.

비로소 느낀 것이다. 노가주가 호미를 휘두를 때마다 전해지는 미증유의 힘을.

빠르지도, 날카롭지도, 위협적이지도 않았다. 하지만 태산 같은 힘이 있었다.

노가주가 호미를 들었다.

참을 수 없는 압박감에 풍월이 황급히 내력을 끌어 모았다.

호미가 땅에 박혔다.

풍월은 보았다.

지면을 타고 전해지는 기의 파도를.

모른 척 넘어간다면 조금 전에 그러했듯 기파 역시 자연스레 지나갈 것이다. 하지만 조금이라도 반응을 하는 순간 어떤

식으로 변할지 전혀 예측이 되지 않았다.

풍월은 망설이지 않고 곧바로 자하신공을 운용하여 그 기파에 대항했다.

바람 한 점 없음에도 느닷없이 일진광풍이 불었다.

풍월의 몸이 잠시 휘청거렸으나 한 걸음도 물러나지 않았다.

노가주의 호미가 다시금 땅을 찍었다.

전보다 한층 강력해진 기파가 오직 풍월만을 노리며 짓쳐들었다.

풍월이 왼발을 힘껏 내디뎌 땅을 찍었다.

그의 전신에서 발출된 자하신공의 공능이 노가주가 일으킨 기파와 얽히며 말 그대로 폭발하려는 순간, 노가주가 일으킨 기운이 연기처럼 사라졌다. 풍월 역시 자신의 기운을 황급히 거둬들였다.

"늙은이가 애써 가꾼 밭을 망가뜨리려는 게냐?"

노가주의 외침에 풍월이 지지 않고 대꾸했다.

"그저 장단을 맞췄을 뿐입니다."

두 사람이 아무 말 없이 서로를 응시했다.

'이놈 봐라. 소문이 다소 과장된 것은 아닌가 싶었는데 어린 녀석이 벌써 이만한 실력을 지녔다니.'

'두 분 할아버님 못지않다. 아니, 어쩌면 그 이상일 수도.'

잠깐의 탐색이 끝난 후, 허리를 펴고 일어난 노가주가 엉거주춤 서 있는 풍월을 향해 손짓했다.

"따라오너라. 엊그제 들어온 벽라춘(碧螺春)의 맛이 그런대로 괜찮다. 한잔 들고 가거라."

"감사합니다."

풍월이 바짓단에 묻은 흙을 툭툭 털며 노가주의 뒤를 따랐다.

"향이 좋네요."

"나쁘지 않지."

풍월의 칭찬에 가볍게 웃은 노가주가 다관(茶罐—끓인 물에 잎차를 넣어 차를 우려내는 기구)을 들어 찻잔에 부었다. 조금 전보다 더욱 진한 차향이 방을 가득 채웠다.

풍월은 명차로 소문난 벽라춘의 향을 음미하며 조금씩 맛을 보았다.

"대화상회는 어째서 그런 것이냐?"

노가주가 잔을 다 비우지도 못했는데 훅 치고 들어왔다.

"무슨 말씀을 하시는 건지……."

가만히 잔을 내려놓은 풍월은 무슨 말을 하는지 모르겠다는 얼굴로 시치미를 뗐다.

"이 밤중에 말장난 따위는 하고 싶지 않다. 노부는 이미 네가 화산검선과 철산마도의 후예인 화산괴룡이며 최근에 대화

상회를 공격한 사실을 알고 있으니까."

'꼬리를 밟힌 게 맞네.'

입맛이 썼다. 은혼에게 장난 식으로 말은 했지만 결과적으로 그렇게 됐다. 상대가 모든 사실을 알고 있는 이상 더 이상의 변명은 의미가 없었다.

"어찌 아셨습니까?"

풍월의 물음에 노가주는 엷은 미소를 지었다.

"본가의 힘을, 정보력을 너무 무시하는구나. 최소한 악양 인근에서 벌어지는 일을 모르진 않는다. 자, 이제 대답을 할 차례다. 어째서 그런 것이냐? 보고를 받고 몇 번을 생각해 봐도 상식적으로 이해가 되지 않았다."

"그걸 말씀 드리기 전에 우선 궁금한 것이 있습니다."

"무엇이냐?"

"낮에 어떤 일이 있었는지 아십니까?"

"아, 그렇지. 확인을 해보니 네가 초의 아들이라지? 그런데 솔직히 말하자면 초의 얼굴도 기억이 나지 않는다."

노가주가 무덤덤한 표정으로 찻잔을 들었다.

"이해합니다."

풍월은 조금도 서운해하지 않았다.

서문세가의 규모를 감안했을 때 팔촌 정도의 핏줄은 조금 과장해서 굴러다니는 자갈만큼이나 많았다. 부친이 특출난

인재가 아닌 이상 노가주가 알기에 분명 무리가 있었다.

"그렇다 해도 낮의 일은 그냥 넘어가기엔 분명 문제가 있는 일. 어쨌거나 패륜적인 일을 벌였으니 그만한 벌을 받을게다. 하지만 네 녀석도 심했다. 적당히 훈계하는 선에서 끝낼 것이지 아주 반병신을 만들었다면서."

"숨통을 끊어버리려다 참았습니다."

풍월의 차가운 대꾸를 예상치 못했는지 노가주의 눈썹이 꿈틀거렸다.

"어머니가 돌아가시고 천애 고아로 남은 줄 알았던 제가 할머니의 존재를 알고 이곳까지 왔습니다. 그런데 난생 처음 할머니를 만나 뵙는 자리에서 그런 일이 벌어진 겁니다. 대충 조사를 해보셨다니 제가 화산에서 사고를 친 것도 아실 테고. 솔직히 제가 그리 착한 놈은 아닙니다. 성질도 급하지요. 한데 그런 상황에서 이성까지 잃었으니……."

"뒤늦게라도 정신 차린 것을 다행으로 여기라는 말이냐?"

노가주가 어이가 없다는 얼굴로 되물었다.

"아니면 죽었습니다."

태연스레 대꾸한 풍월이 차갑게 식은 찻물을 마셨다.

잠시 불편한 공기가 방 안을 휘감았다.

조금은 굳은 얼굴로 침묵하던 노가주가 찻물을 따라주며 말했다.

"따로 일러두었으니 오늘 일로 별다른 잡음은 나오지 않을 게다. 그래도 조금은 불편한 일이 생길 수 있으니 그 정도는 감안하도록 해라."

"예, 감사합니다."

풍월이 고개를 숙이며 잠시 동안 냉랭했던 분위기에 훈풍이 불었다.

"제가 대화상회를 공격한 이유를 알고 싶다고 하셨습니까?"

"그래."

"복수를 하기 위함이었습니다."

"복… 수? 지금 복수라 했느냐?"

노가주가 이해가 되지 않는다는 얼굴로 물었다.

은근슬쩍 노가주의 반응을 살피던 풍월의 눈동자가 번뜩였다.

'노가주는 아버지와 어머니께 어떤 일이 벌어졌는지 알지 못한다.'

그것이 연기일 수도 있겠지만 최소한 그렇게 보이지는 않았다.

"조금 이야기가 길어질 것 같습니다."

찻잔을 단숨에 비운 풍월이 최대한 냉정한 모습을 보이며 설명을 시작했다.

"모든 일의 시작은 검선과 마도께서 매혼루의 살수들에게

쫓기는 만삭의 산모, 바로 제 어머니를 구하시면서 시작되었습니다."

풍월은 과거 모친이 매혼루의 살수들에게 쫓기던 일부터 자신이 직접 매혼루의 청부일지를 보고 대화상회를 공격한 일까지 거침없이 설명을 이어갔다.

노가주는 풍월의 이야기에 완전히 빠져들었다.

애써 평정심을 유지하려고 애쓰는 것 같았으나 시시각각 변하는 표정이 그것이 쉽지 않음을 간접적으로 드러냈다.

특히 당대 가주의 부인이 어떤 의도를 가지고 서문세가에 시집을 왔을 가능성이 있다는 대목에선 자신도 모르게 들고 있던 찻잔을 가루로 만들어 버렸다.

"…그들이 누군지, 어떤 세력인지는 저도 알지 못합니다. 다만 과거, 그리고 현재 천마도로 인해 벌어지는 소란의 배후가 그들일 것이란 추측은 하고 있습니다."

풍월이 설명을 끝내자 그때까지 긴장을 풀지 못했던 노가주가 길게 숨을 내뱉으며 탄식했다.

"허! 혈우야괴 정도의 인물이 한낱 하수인에 불과했다니 믿을 수가 없구나."

"혈우야괴뿐만 아니라 대화상회도 그들의 손아귀에 있는 것이 틀림없습니다."

"그래, 대화상회까지."

노가주가 씁쓸하게 웃었다.

설마하니 서문세가의 성장에 크게 일조한 사돈댁에 그토록 심각한 문제가 있는지 생각지도 못했다는 반응이었다.

제30장

토끼몰이

"제가 이곳을 찾은 이유는 두 가지입니다. 첫째는 바로 할머니와 사촌 동생을 만나는 것. 다른 하나는……"

풍월이 말끝을 흐리며 노가주의 눈치를 슬쩍 살폈다. 가만히 찻잔을 드는 노가주의 표정에서 풍월이 무슨 말을 하려는지 이미 알고 있는 것 같았다.

"그자들의 정체를 확인하기 위함입니다. 대화상회의 사람들이 자취를 감춘 상황에서 그걸 알 만한 사람은 오직 한 명뿐입니다."

"음."

노가주의 입에서 침음이 흘러나왔다. 당연했다. 다른 사람도 아니고 서문세가의 안주인이다. 더불어 장차 서문세가의 미래를 책임질 서문휘의 모친이기도 하고.

"참고로 전 부친의 죽음에도 어떤 음모가 있는지 의심하고 있습니다."

"노부에게 올라온 보고에 의하면 표행 길에서 산적에게 당했다고 들었다."

"일단은 의심뿐입니다. 하지만 상식적으로 생각해 보십시오. 어머니에게 매혼루의 살수들을 동원할 정도인데 아버지를 그냥 놔둔다는 것이 이해가 되십니까?"

"……."

노가주가 불편한 표정으로 침묵을 지켰다.

"저녁 때 할머니께서 이런 말씀을 하셨습니다. 표행 길을 앞둔 아버지가 평소와는 다르게 너무도 불안해했다고. 그때는 그저 만삭의 부인을 두고 원래 예정에 없던 표행을 하게 되어서 그런 것이라 생각하셨지만 결국은 그게 아니었다고요."

노가주는 풍월이 부친의 죽음 또한 암중의 세력, 혹은 며느리와 연관이 있다고 확신하고 있음을 느낄 수 있었다.

"앞으로 어찌할 생각이냐?"

노가주가 물었다. 풍월은 대답 대신 역으로 물었다.

"제가 어찌했으면 좋겠습니까?"

"서문세가의 안주인이다. 정확한 물증이 없으면……."

풍월의 무섭게 표정이 일그러졌다.

"제가 직접 조사하고 들은 얘기입니다."

"그 말을 한 자는 죽었다. 며느리가 직접적으로 엮인 증좌도 남아 있지 않고."

노가주의 말투에서 뭔가 모를 거부감이 확 들었다.

"설마 그냥 덮을 생각이십니까? 며느리라고 감싸시려는 것은 아니겠지요?"

풍월의 도전적인 언사에도 노가주는 동요하지 않았다.

"덮을 생각도 감쌀 생각도 없다. 그 아이가 본가에 어떤 의도를 가지고 있다는 것만으로도 노부와 본가는 이미 충분한 모욕을 받았다. 다만 서문세가의 안주인이다. 일의 전모가 밝혀졌을 때 어떤 파장을 불러일으킬지 모르지는 않을 터. 조금더 확실히, 신중하게 일을 처리하자는 것이다. 자칫 일을 서둘다간 놈들을 놓칠 수도 있다."

풍월은 며느리뿐만 아니라 암중 세력까지 염두하고 있다는 노가주의 말에 표정을 풀며 사과했다.

"죄송합니다. 제가 마음이 급해서."

"아니다. 네가 아니라 누구라도 그런 마음일 터. 일단은 네 존재를 주변에 알려볼 생각이다. 하면 어떤 반응이라도 오겠지. 그게 며느리가 될지 아니면 암중 세력이 될지는 모르겠

다만."

노가주의 전신에서 뿜어져 나온 기세에 청송헌이 들썩거리기 시작했다.

"누가 되었든 결코 용서하지 않을 것이다."

노가주의 노한 모습을 보며 풍월은 생각보다 일이 쉽게 풀려 다행이라 생각했다.

'은 형의 말이 맞았습니다. 노가주를 만나는 것이 답이었어요.'

풍월은 노가주를 만나야 한다는 은혼의 충고를 떠올리며 내심 안도의 숨을 내뱉었다. 만약 노가주가 서문세가의 체면을 생각해 모든 것을 덮고자 했다면 일이 얼마나 어려울지 상상도 하기 싫었다.

"그나저나 노부가 궁금한 것이 하나 있다."

"말씀하시지요."

노가주가 부드러운 미소를 지으며 물었다.

"세간에 듣자니 네게 진짜 천마도가 있다고 하던데 맞느냐?"

"들었느냐?"

노가주가 무심히 물었다.

풍월이 청송헌을 떠날 때까지 보여주었던 부드러운 미소는

이미 사라지고 없었다.

문 뒤에서 검은 그림자가 조용히 모습을 드러냈다.

노가주가 서문세가의 모든 역량을 동원하여 키운 호오단(護鳥團)의 단주 서문후였다. 호오대는 말 그대로 까마귀를 상징으로 사용하는 서문세가를 수호한다고 하여 붙여진 이름이었다.

"들었습니다."

"어찌 생각하느냐?"

노가주의 물음에 서문후는 조금도 망설이지 않았다.

"제거해야 한다고 봅니다."

"어느 쪽을?"

"둘 다입니다."

"둘 다라. 혹, 동생에게 가주 자리를 빼앗긴 것이 아직도 분한 것이냐?"

노가주가 웃으며 물었다. 한데 얼굴은 분명 웃고 있지만 눈빛은 그렇지 않았다.

"역량이 되지 못함을 아는데 억울한 것이 무엇입니까? 오직 본가의 안위를 위해서만 존재하는 호오단주로서 말씀드리는 겁니다. 본가를 위해서라도 제거, 아니, 최소한 서문세가의 안주인으로서의 모든 권리를 박탈해야 합니다."

"숨만 쉬게 해주자는 말이냐?"

"그것이면 충분하지 않겠습니까? 그나마 휘아의 존재로 인해 목숨을 부지할 수 있는 것입니다."

서문후의 음성은 냉랭하기 그지없었다.

노가주는 서문후가 가주로서의 역량이 부족하다 스스로를 낮췄지만 눈빛 깊은 곳에서 전해지는 원망을 느낄 수가 있었다.

서문진이 서문후와 비교했을 때 앞서는 것은 처갓집의 후광 오직 그것 하나뿐이었다. 그리고 한창 성장을 하고 있던 서문세가의 입장에서 대화상회의 지원은 결코 거부할 수 없는 것이었다.

그 결과 가장 유력한 가주 후보였음에도 동생에게 밀린 장자 서문조는 화병에 걸려 일찌감치 세상을 떴고 서문후는 오직 음지에서 활동하며 서문세가를 수호하는 호오단의 단주가 되어 세가 식구들의 뇌리에서 조금씩 사라져 갔다.

"아니, 틀렸다."

"예?"

노가주의 입술이 기이하게 뒤틀렸다.

"그 아이가 목숨을 부지할 수 있는 것은 세가의 안주인도, 휘아의 어미라는 이유도 아니다. 이유가 있다면 오직 대화상회로부터 본가에 지원되는 막대한 자금력을 유지시킬 수 있는 열쇠로서의 역할 때문이다."

"하면 이대로 지켜보시겠다는 말씀입니까?"

"우선은. 그보다는 대화상회의 배후를 알아내는 것이 중요할 것 같구나."

"곧바로 착수하겠습니다."

"재밌어. 최근 들어 대화상회에서 심상치 않은 움직임이 있는 줄은 알고 있었지만 그것이 자체적으로 세력을 확장하려는 것이 아닌 외부 세력의 힘이었다니 말이다."

"죄송합니다. 제대로 확인을 했어야 했는데 그러지 못했습니다."

서문후가 고개를 숙였다.

"아니다. 아직 세상에 드러나지 않은 세력이다. 지금이라도 알게 되었으니 그것으로 충분하다."

"하면 그들은 어찌 조치를 해야 합니까?"

"아직까진 대화상회의 돈이 필요하니 조사는 하되 당장 부딪치지는 말아라. 놈들이 대화상회를 이용하여 본가에 뭔가 수작을 부리려 했으니 그에 대한 대비는 해야겠지만."

"알겠습니다."

서문후의 대답을 들은 노가주는 빈 찻잔을 빙글빙글 돌리며 생각에 잠겼다가 한참 만에 입을 뗐다.

"그 아이도 제거를 해야 한다고 했더냐?"

"그렇습니다."

"어째서?"

"서문세가 안주인의 치부를 알고 있는 녀석입니다. 본가의 명예를 위해서라도 반드시 제거해야 합니다. 잠깐 지켜본 것에 불과하나 결코 침묵을 지킬 녀석은 아닙니다. 언제고 반드시 이 일을 들쑤시고 다닐 것입니다."

"흠, 확실히 얌전한 녀석은 아니지. 어쩐다."

노가주가 피식 웃으며 지그시 눈을 감았다.

노가주의 생각을 방해하지 않으려는 듯 잠시 침묵을 지키던 서문후가 잠시 후, 몇 마디 말을 덧붙였다.

"무엇보다 천마도를 얻어야 하지 않겠습니까?"

천마도라는 말에 감겼던 눈이 번쩍 떠졌다.

"천마총을 얻는 자, 천하를 얻으리라! 전설대로라면 본가가 무림에 우뚝 설 기회입니다. 하나, 날파리들이 악양으로 몰려오고 있는 상황에서 지금이 아니면 천마도를 얻기가 쉽지 않습니다. 설사 얻는다고 해도 오롯이 본가의 것은 될 수가 없습니다."

"그렇지. 사방에서 거지 떼들이 달려들 것이야."

노가주가 조용히 중얼거렸다.

문제는 그 거지 떼들이 보통이 아니라는 것이다.

정무련의 일원으로 당장 구파일방이나 사대세가와 얼굴을 붉힐 수는 없었다. 최악의 경우 정무련에 천마도를 넘겨야 할

수도 있고 설사 서문세가의 소유권을 인정받는다 하더라도 단독으로 뭔가를 한다는 것은 꿈에서나 가능할 것이다.

애당초 질문을 할 때부터 결론은 하나뿐이었다.

"강한 녀석이다. 가능하겠느냐?"

"최소한의 희생은 따르겠지만 능히 제거할 수 있습니다."

서문후는 조금의 과장도 없이 담담히 말했다. 말투에서 자신감을 느낀 노가주가 빙그레 웃었다.

"그래, 내 너와 호오단의 능력을 잠시 잊었구나. 믿겠다. 가서 천마도를 가지고 오너라. 참고로 화근은 확실하게 뿌리를 뽑아야 한다."

노가주의 말로 인해 풍월은 물론이고 할머니와 사촌 동생의 죽음도 확정이 되었다.

"한 가지 더. 최악의 상황을 가정해야 할 것이다."

"최악이라 하시면……"

"내 너와 호오단을 믿지 못하는 것은 아니나 만에 하나 놈이 도망치는 상황도 염두에 둬야 한다."

"있을 수 없는 일입니다."

서문후가 강하게 고개를 저었다.

"그러니까 최악의 상황에 대한 가정이라 한 것이다. 어떠한 상황에서도 본가는 놈을 공격한 적이 없다. 절대로 증거를 남겨선 안 될 것이다."

"알… 겠습니다."

대답을 하는 서문후의 음성이 살짝 떨리기는 했으나 큰 반발은 없었다. 어차피 그것이 음지에서 서문세가를 보호하는 호오단의 운명이었으니까.

*   *   *

"역시 눈치를 채고 부른 것이군요."

"네, 그때 말한 대로 꼬리를 밟힌 모양입니다."

풍월은 웃으며 말했지만 은혼은 그럴 수가 없었다. 꼬리가 따라붙었다는 것을 눈치채지 못한 것은 분명 실책이었다.

"제 불찰입니다. 조금 더 신경을 썼어야 했는데."

"하하! 그게 왜 은 형의 불찰입니까. 흔적을 따라 쫓아오는 놈들을 어쩌라고요."

풍월은 웃음으로 은혼의 부담을 덜어주려 했으나 은혼의 표정은 여전히 어두웠다.

"노가주가 천마도를 언급한 것도 마음에 걸립니다."

"그냥 소문이 그러하니 궁금했겠지요. 적당히 욕심도 나긴 했을 겁니다. 그래도 제가 서문세가의 피를 받았으니까요. 일단 헛소문이라고 대충 둘러대긴 했는데 솔직히 믿는 표정은 아니더라고요."

풍월은 천마도에 대해 묻고 싶은 마음을 억지로 내려놓던 노가주의 모습을 떠올리며 큭큭거렸다.

그때, 멀리서 경적 소리가 들려왔다.

그리 요란하지는 않았으나 날카롭게 귓가로 파고드는 것이 예사 경적 소리가 아니었다.

아니나 다를까 경적 소리를 듣는 은혼의 표정이 돌변했다.

"왜 그런 표정을⋯⋯."

풍월이 질문을 끝내기도 전에 문이 벌컥 열리며 주변을 경계하고 있던 묵영단원 호인이 뛰어들었다.

"피해야 할 것 같습니다."

호인의 말에 은혼이 무겁게 고개를 끄덕였다.

"나도 들었다."

"무슨 일입니까?"

풍월이 심상치 않은 분위기에 놀라 물었다.

"방금 경적은 공격을 받고 있다는 신호입니다. 서문세가의 움직임을 살피고 있던 각원이 보낸 것이지요."

"하면⋯⋯."

풍월의 안색이 딱딱하게 굳었다.

"생각하시는 것이 맞는 것 같습니다."

은혼의 말과 함께 점점 가까워지던 경적 소리가 뚝 끊겼다.

은혼과 호인의 입에서 침음이 흘러나왔다.

희미하게나마 이어지던 경적 소리가 완전히 끊겼다는 것은 각원이 목숨을 잃었다는 것을 의미했기 때문이다.

풍월과 은혼이 자리를 박차고 일어났다.

잠시 후, 풍월은 두려움에 벌벌 떠는 할머니를, 은혼은 아직도 잠에서 덜 깬 서문호를 들쳐 업고 밖으로 나섰다.

"놈들은?"

은혼이 문밖에 서 있던 수하에게 물었다.

"서쪽에서 접근 중입니다. 머뭇거릴 여유가 없습니다."

"퇴로는?"

"안내하겠습니다."

몸을 돌린 수하가 곧바로 달리기 시작했다.

풍월과 은혼이 그의 뒤를 따르고 호인과 다른 묵영대원 둘이 후미를 지키며 이동했다.

*   *   *

"이제 곧 악양을 벗어납니다. 곧 퇴로를 차단하겠다는 연락이 왔습니다."

서문후가 수하의 보고를 받으며 만족한 미소를 지었다.

"제대로 된 토끼몰이였다. 행여나 농성을 하는 것은 아닌가 걱정이었는데 잘되었다."

서문후는 풍월 일행이 악양을 벗어나는 길이 아니라 도심으로 숨어들까 걱정을 했다. 놓칠 수 있다는 가능성 때문은 절대 아니었다. 호오단의 목표가 된 이상 도주는 불가능했다. 그저 큰 소란 없이 조용히 일을 처리하고 싶을 뿐이었다. 악양에 천마도를 노리고 수많은 무인들이 들어와 있다는 것 또한 조금은 부담이었다.

서문후는 모든 것이 계획대로 진행되고 있음을 기꺼워하며 빠르게 발을 놀렸다.

반각도 되지 않아 수하들의 공격에 발이 묶인 풍월 일행을 만날 수 있었다.

주변이 멀쩡한 것이 아직까지는 큰 싸움이 벌어진 것 같지는 않았지만 양측에서 느껴지는 팽팽한 긴장감이 금방이라도 폭발할 것 같은 분위기였다.

"두목이 온 것 같네요."

풍월이 저 멀리 느긋한 걸음으로 다가오는 서문후를 턱짓으로 가리켰다.

"강해 보입니다."

"내가 더 강합니다."

예기치 않은 농담에 은혼이 피식 웃음을 터뜨렸다. 이 급박한 상황에서 농이라니. 확실히 풍월다웠다.

"한데 잔챙이들이 많아서 조금은 힘든 싸움이 될 것 같네요."

"부족하나마 잔챙이들은 제가……"

"아니요. 은 형은 할 일이 있습니다."

풍월이 그들 뒤에서 바들바들 떨고 있는 할머니를 바라보았다. 행여나 무슨 일이라도 있을까 서문호를 꼬옥 껴안고 있는 할머니의 모습에 가슴이 아팠다.

남편과 큰아들 내외를 먼저 보내고 몇 해 전 둘째 아들 내외까지 떠나 보낸 할머니에게 마지막 남은 핏줄은 목숨과도 바꿀 수 없을 만큼 소중했다.

할머니와 동생을 위해 조금은 더 신중하게 접근했어야 했다. 하지만 후회는 아무리 빨라도 늦는 법이다.

"이곳에서 조금만 더 북상하면 장강이라고 들었습니다."

풍월이 호인을 돌아보며 말했다. 호인이 고개를 끄덕이는 것을 확인하곤 말을 이었다.

"추격대는 제가 반드시 막겠습니다. 은 형과 여러분들은 할머니와 호를 부탁합니다."

"풍 공자……"

풍월이 무슨 말을 하려는지 이해한 은혼이 뭐라 말을 하려다 입을 다물었다.

어차피 지금 상황에서 싸움은 피할 수 없다. 그리고 풍월의 실력을 감안했을 때 결코 쉽게 당하지도 않을 것이다. 문제는 풍월에게 지켜야 할 가족이 있다는 것이다. 만약 적들이 가족

을 노린다면 풍월은 제대로 실력 발휘를 하지 못할 게 뻔했다.

풍월이 은혼에게 무겁게 고개를 끄덕인 후, 할머니와 서문호를 가만히 안았다.

"워, 월아……."

뭔가를 느낀 것인지 아니면 지금 상황 자체에 대한 두려움 때문인지 풍월을 부르는 할머니의 음성은 축축했고 노안엔 눈물이 가득했다.

"걱정하지 마세요. 아까 말씀드렸잖아요. 제게 무공을 가르쳐 주신 분들이 무림에서도 최고로 알아주는 분들이라고요. 아무 일 없을 테니 저만 믿으세요."

"하지만……."

할머니가 흘린 눈물이 옷을 적셨다. 서문호도 풍월의 허리춤을 꽉 잡고 있었다.

"호야. 네가 할머니를 지켜야 한다. 알았지?"

서문호는 두려움 가득한 얼굴로 고개를 끄덕였다.

풍월은 괜히 안쓰럽고 미안한 마음에 몇 번이고 머리를 쓰다듬어 주었다.

"마지막으로 말할게요. 아무 걱정 말고 나만 믿어요."

할머니와 서문호, 은혼을 향해 힘주어 말한 풍월이 천천히 몸을 돌렸다.

때마침 도착한 서문후가 풍월을 향해 걸어왔다.

[준비하세요. 제가 세 번째로 입을 연 뒤입니다.]

풍월이 은혼과 묵영단원들에게 전음을 보냈다.

서문후가 풍월과 정확히 오 장 정도 떨어진 거리에서 걸음을 멈췄다.

"이곳까지 애써 오느라 고생했다."

"서문세가?"

"……."

서문후는 풍월의 물음에 긍정도 부정도 하지 않았다.

"원하는 게 뭐지?"

"천마도. 그것만 순순히 넘겨주면 편한 죽음을 보장하지. 물론 저들까지."

서문후가 풍월의 어깨 뒤, 할머니와 은혼 등에게 시선을 주며 말했다. 아직도 정체가 밝혀지지 않았지만 어느 정도는 짐작되는 바가 있었다. 부딪치는 것이 조금은 부담스러웠지만 그렇다고 지금 상황에서 변수가 될 수는 없었다.

"노가주가 욕심이 많.으.시.네."

힘주어 말을 하던 풍월이 갑자기 몸을 띄웠다. 한데 그 방향이 예상치 못한 곳이었다.

서문후가 눈을 휘둥그레 뜨는 순간 풍월의 몸은 이미 은혼의 머리를 넘어 퇴로를 차단하고 있는 적들에게 짓쳐들고 있었다.

풍월이 허공에 도약한 상태 그대로 검을 휘둘렀다.

풍월의 손에 들린 검이 사라졌다.

적들이 그 검을 찾기 위해 눈을 부릅뜰 때 순식간에 그들 앞에 나타난 검이 동료 중 하나의 가슴을 뚫고 사라졌다.

풍뢰도법 사초 비도풍뢰였다.

검으로 펼친 풍뢰도법의 위력 또한 도로 펼친 것 못지않았다.

눈 깜짝할 사이에 동료가 목숨을 잃었지만 호오단원은 전혀 동요치 않았다.

노가주가 패천마궁의 사귀대를 응용해서 만들어낸 호오단.

은밀히 모은 오백 중 끝까지 훈련을 버텨낸 자들의 수가 겨우 오십이다. 생존 확률이 고작 일 할에 불과했으니 그들에게 죽음은 너무도 익숙한 것이었다.

풍월이 지면에 내려서자 곧바로 검이 날아들었다.

풍월이 자신을 향해 날아드는 검을 피해 몸을 틀었다.

검이 스치고 지나간 목덜미가 서늘했지만 개의치 않고 팔꿈치로 사내의 안면을 가격했다.

둔탁한 소리와 함께 안면이 함몰된 사내가 단말마를 내지르며 쓰러졌다.

쓰러지는 동료의 시신을 밟고 도약한 적이 그대로 검을 내리찍었다. 왼편에서도 공격이 파고들었다. 마치 동료가 목숨

을 잃을 것이란 것을 예측이라도 한 듯 빠른 움직임이었다.

풍월이 머리 위에서 떨어지는 검을 합장하듯 받아냈다. 검에 실린 힘이 만만치 않았는지 무릎이 반쯤 굽혀졌다.

왼편에서 접근하던 적이 그 틈을 놓치지 않고 검을 뻗었다. 하지만 적의 검이 풍월의 지척에 이르렀을 때 난데없이 날아든 검이 그의 목을 꿰뚫어 버렸다. 방금 전, 비도풍뢰를 시전했을 때 점으로 화해 사라졌던 검이 다시금 돌아온 것이다.

풍월은 자신이 몸을 날리는 순간에 맞춰 할머니와 서문호를 안아든 은혼과 묵영단원들이 북쪽으로 내달리는 것을 힐끗 바라보며 팔을 옆으로 비틀었다.

날카로운 소리와 함께 검이 부러졌다.

검을 쥔 사내의 얼굴에 당황스러운 빛이 흘렀다.

명검까지는 아니더라도 천금을 주고 살 정도로 단단했던 검이 그토록 쉽게 부러질 줄은 상상도 못한 듯했다.

부러진 검날을 쥔 풍월이 교묘하게 발을 놀리며 사내의 품으로 파고든 뒤 부러진 검날로 그의 가슴과 배에 깊은 자상을 남겼다.

사내가 부러진 검을 휘두르며 최후의 발악을 했지만 풍월이 암기처럼 내던진 검날이 목에 박히자 결국 힘없이 무너지고 말았다.

그사이 잠깐 뚫렸던 포위망이 다시 공고해졌다. 인원이 다

소 줄어들기는 했어도 그다지 큰 차이는 없어 보였다.

"추격합니까?"

호오단 일대주 서문척이 물었다.

서문세가의 핏줄임에도 불구하고 유일하게 오호단의 훈련에 참여했고 끝까지 살아남은 그는 서문후가 가장 아끼고 신뢰하는 수하였다.

어느새 점으로 변해서 사라지고 있는 은혼 일행을 가만히 바라보던 서문후가 고개를 저었다.

"어차피 도망쳐 봤자 손바닥 안이다. 적당히 미행만 붙여놔. 지금은 놈에게 집중할 때다."

"알겠습니다."

명을 받은 서문척이 대기하고 있던 수하에게 눈짓을 했다. 그는 곧바로 전장을 이탈하여 은혼을 쫓았다.

풍월이 그의 존재를 눈치챘지만 굳이 무리해서 막지는 않았다. 눈앞의 적들의 실력이 예상 외로 뛰어나기는 해도 은혼과 묵영단원들이라면 그래도 한 명 정도는 능히 감당할 수 있다고 판단한 것이다.

"합격진을 펼쳐라."

서문척의 외침에 다섯 명의 사내가 포위망에서 이탈하더니 풍월을 향해 달려들었다.

풍월이 주저 없이 검을 휘둘렀다.

매화검법의 절초가 그들을 향해 쏘아졌다.

천하에서 손꼽히는 화산의 검이다. 게다가 난생처음 접하는 좌수검. 당황할 만도 하건만 다섯 사내들은 조금의 동요도 없었다.

피할 생각도 없다는 듯 풍월의 공격에 맞서 검을 뻗었다. 재밌는 것은 그들 다섯 명의 동작이 마치 찍어내기라도 한 듯 똑같다는 것이다.

꽝!

풍월의 검과 다섯 사내의 기운이 허공에서 충돌하며 거센 충격파를 만들었다.

공격이 생각보다 너무 쉽게 막혀서인지 풍월의 표정이 눈에 띄게 굳어졌다.

하지만 생각할 여유가 없었다. 공격이 실패하는 것과 동시에 곧바로 반격을 받았기 때문이다.

놀랍게도 풍월을 향해 반격을 한 자들은 앞서 풍월의 공격을 감당한 사내들이 아니라 전혀 엉뚱한 자들이었다. 그들 역시 다섯 명이 한 조가 되어 움직였다.

뭔지 모를 불안감을 느낀 풍월은 즉시 자하신공을 운용하며 매화보를 뇌운보로, 매화십이검을 자하검법으로 바꾼 뒤 적들과 숨 쉴 틈도 없는 공방을 펼쳤다.

촌각도 되지 않아 이어진 다섯 번의 공방.

한데 그 다섯 번의 공방에서 풍월의 상대는 모두 달랐다.

다섯 명이 하나가 되어 합격진을 만들고 합격진 다섯이 모여 또 하나의 거대한 합격진을 만들었다.

톱니바퀴처럼 완벽하게 물려들어 가는 그들의 움직임, 심지어 내력까지 공유하는 상황이었다.

한 명 한 명이 은혼을 능가하는 실력자인 데다가 마치 눈에 보이지 않는 어떤 실이 연결이라도 된 듯 유기적으로 움직이니 좀처럼 틈이 보이지 않았다.

그래도 아직까진 충분히 여유가 있었다.

적들에 비해 상처라 부를 만한 부상도 없었다.

다만 언제든지 합격진의 구성원이 될 수 있는 적들이 충분히 대기하고 있다는 것은 분명 큰 부담이었다.

파스스스.

날카로운 파공성과 함께 적들의 공격이 풍월의 전신을 노리며 밀려들었다.

풍월은 극성으로 뇌운보를 펼치며 적들의 공세를 피한 뒤 안쪽으로 파고들었다.

정면으로 부딪치기보다는 유기적으로 움직이는 적들의 움직임을 끊어내는 것이 우선이라 판단한 것이다.

풍월은 좌수검으로 좌측을 노리고 오른손으론 난화수를 펼치며 적들을 교란하고자 했다.

한 사람이 동시에 다른 무공을 사용한다는 것이 말처럼 쉬운 일은 아니었지만 풍월은 그것이 가능했다. 그것도 본래의 위력이 고스란히 담긴 완벽한 형태로.

풍월의 의도가 제대로 먹혔다.

톱니바퀴처럼 치밀하게 움직이던 적들이 크게 당황하는 것이 느껴졌다.

왼쪽을 공략한 좌수검은 막혔지만 난화수가 제대로 들어갔다.

둔탁한 소리와 함께 합격진이 크게 흔들렸다.

적들이 황급히 물러나며 수습하려 했으나 기회를 놓칠 풍월이 아니었다.

풍월은 다급히 물러나는 적들을 향해 자하성광을 펼쳤다.

자색 기운이 빛살처럼 날아갔다.

옆에서 날아든 다섯 개의 검이 그 기운을 감당하기 위해 움직였으나 이미 늦었다.

그들이 지금껏 풍월의 공격을 감당할 수 있었던 것은 유기적인 움직임과 더불어 서로의 내력을 하나로 묶어 사용할 수 있었다는 것이다.

한데 그것이 흔들렸다.

틈을 파고드는 데 성공한 자색 기운이 화려하게 폭발했다.

풍월의 공격을 감당하지 못한 검들이 산산조각이 났다. 그

여파는 고스란히 검의 주인들에게 향했다.

피를 토하며 비틀거리는 적들을 향해 풍월이 득달같이 달려들었다.

그들을 구하기 위해 사방에서 매서운 공격이 밀려들었다.

극성에 이른 뇌운보로도 완벽하게 피하지 못할 정도로 거센 공격이었다.

풍월은 개의치 않았다.

몸 곳곳에 상처가 만들어졌지만 치명적인 것은 없었다.

힘겹게 잡은 기회를 놓칠 순 없었다. 약점을 잡은 이상 확실하게 물어뜯어야 했다.

풍월은 독하게 손을 썼다. 피를 토하던 다섯 사내들의 목숨이 끊어지는 것은 순식간이었다.

풍월을 괴롭히던 합격진 하나가 사라졌다. 그것으로 적들의 공격이 완전히 무너진 것은 아니었다.

쓰러진 다섯 명의 자리는 순식간에 다른 적들로 채워졌고 풍월을 에워싸고 있는 거대한 합격진 역시 건재했다. 하지만 이미 파훼법을 찾은 풍월에게 합격진은 더 이상 위협적이지 않았다.

또 하나의 합격진이 무너지고 다섯 명의 목숨이 떨어지는 것은 순식간이었다.

"빌어먹을!"

조금 떨어진 곳에서 싸움을 지켜보던 서문후가 이를 부득 갈았다.

마음 같아선 당장 싸움에 끼어들고 싶었다. 하나, 지금 수하들이 풍월을 상대로 펼치는 오행검살진(五行劍殺陣)은 그들이 오호단의 훈련 과정에서 오랜 기간 함께 익혀온 것이다. 자신이 낄 자리가 없을뿐더러 무리해서 끼어들면 오히려 합격진의 조화를 깨고 불협화음만 일으킬 게 뻔했다.

그렇다고 수하들을 물리고 단독으로 풍월과 싸우는 것도 불가능했다. 인정하고 싶지는 않았지만 수하들을 상대하는 풍월의 실력은 자신이 상대할 수준이 아니었다.

진퇴양난에 빠진 서문후가 어찌 판단을 내리지 못하는 사이에도 합격진은 계속 파괴되고 그때마다 수하들의 목숨이 사라졌다.

다만 풍월의 예상치 못한 반격에 허무하게 목숨을 잃은 이전과는 조금 차이가 있었다.

동료들의 죽음을 바로 곁에서 지켜본 그들은 동료들, 정확히는 평생의 삶이자 가치였던 호오단을 지키기 위해 필사적으로 노력했다.

목숨을 구하려는 대신 풍월에게 조금이라도 타격을 주기 위해 온몸을 던졌다.

스스로 미끼가 되어 동료에게 공격의 길을 열어주는 것은

예사였고 그마저도 여의치 않으면 동귀어진의 수법으로 달려들었다.

적의 의도를 눈치챈 풍월이 적절히 대처하며 그마저도 큰 효과는 거두지 못했지만 거대한 둑도 조그만 틈에 의해 무너지듯 풍월 또한 그런 자잘한 부상들이 쌓이면서 확실히 처음과는 달리 빠르게 지쳐갔다.

"검선과 마도의 제자라더니 정말 강하군."

"그러게. 어린 녀석이 손속도 매섭고."

느닷없이 들려온 음성에 깜짝 놀란 서문후가 고개를 돌렸다.

바로 뒤, 언제 나타났는지 오 척 단구에 등마저 잔뜩 굽은 노인과 노파가 어깨를 나란히 하고 서 있었다.

"오, 오셨습니까?"

서문후가 황급히 고개를 숙였다.

"네 어리석음 때문에 애꿎은 아이들만 목숨을 잃었다. 당장 물러나라 명해라."

"하지만 아직 싸움이……."

서문후가 머뭇거리자 두 노인이 서문후를 쏘아보았다. 감정이 전혀 드러나지 않는 눈동자를 마주한 서문후가 침을 꿀꺽 삼키며 고개를 끄덕였다.

"아, 알겠습니다. 빨리 물러나라 명해라."

서문후가 서문척에게 명하자 서문척이 곧바로 수하들을 뒤로 물렸다.

풍월은 포위망이 풀리는 것을 전혀 이상하게 생각하지 않았다.

정신없는 공방 속에서도 그는 이미 두 노인의 존재를 확인했다. 등장만으로도 등골이 서늘해졌고 무인으로서의 본능이 위험 신호를 미친 듯이 보내왔다.

노인과 노파가 풍월을 향해 걸어왔다.

내딛는 발, 보폭, 이동하는 속도, 앞뒤로 살짝 흔들리는 팔의 움직임까지 똑같았다.

풍월이 자신을 향해 다가오는 두 사람을 신중하게 살폈다.

노인과 노파 모두 오 척 단구에 안쓰러울 정도로 굽어진 등, 흉측하다 못해 괴물이라고 해도 무방할 정도로 일그러진 얼굴을 지녔다.

그렇게 망가진 얼굴에 자리 잡은 눈동자는 맑고 깊었다. 너무도 투명하여 아이들의 눈처럼 순수해 보이기까지 했다.

풍월은 그 순수한 눈빛 깊은 곳에 상상할 수 없이 강한 힘이 깃들어 있다는 것을 안다.

그들을 본 순간, 그들의 정체를 눈치챘기 때문이다.

'무림인명록에선 마존을 제외한 나머지 사람들의 실력은 대동

소이하다 했으나 이는 틀린 말이다. 마존을 제외한 나머지 십대 고수 사이에서도 엄연히 실력 차가 존재했다. 그중 으뜸은 아마도 음양쌍괴일 것이다. 내 기억이 틀리지 않는다면 검황과의 비무에서 가장 오래 버틴 사람도 마존이 아니라 음양쌍괴였다. 불쌍함을 자아내는 외모에 속지 마라. 감히 말하건대 그들의 합격술은 천하제일이라 할 수 있다.'

풍월이 광혼의 말을 떠올리고 있을 때 노인과 노파, 양괴 호광과 음괴 호영이 지척에 이르렀다.

무림에서 이들 두 사람을 음양쌍괴라 불렀다.

"네가 화산괴룡이란 아이냐?"

"검선과 마도의 제자라고?"

음양쌍괴가 동시에 물었다.

"예, 서문월이라고 합니다."

풍월이 공손히 허리를 숙였다.

"이런 곳에서 두 분을 뵐 줄은 몰랐습니다."

"우리가 누군지 아느냐?"

호광이 놀란 눈으로 물었다.

"물론입니다. 저를 키워주신 두 분 할아버지께선 십대고수 중 마존과 어깨를 나란히 할 수 있는 사람이 있다면 창왕이나 검성이 아니라 오직 두 분 음양쌍괴 어르신들뿐이라 하셨

습니다."

음양쌍괴는 풍월이 자신들의 정체를 정확하게 알고 있는 것에 놀라기도 하였지만, 그를 키워준 화산검선과 철산마도가 자신들을 그렇게 높이 평가하고 있었다는 것에 몹시 놀랐다.

언젠가 잠시 스쳐 지나간 적이 있었던 화산검선과 철산마도의 얼굴을 떠올렸다. 괴물과도 같은 자신들과는 달리 누가 봐도 영웅의 풍모를 지닌 기인들. 그들에게 제대로 인정을 받았다는 생각에 가슴이 뿌듯해졌다.

"그들이 우리를 그렇게 생각하고 있는 줄은 몰랐군."

호광이 웃는 것인지 우는 것인지 애매한 표정을 지으며 말했다. 호영 역시 입가를 씰룩이고 있었다.

'그나저나 이들이 어째서 이곳에 나타난 거지? 서문세가와 연관이 있다는 말은 들은 적이 없는데.'

풍월은 느닷없이 나타난 음양쌍괴를 보며 내심으로 무척이나 당황하고 있었다.

상황상 적일 수밖에 없었다. 문제는 자신의 상태였다.

적의 합격술을 깨면서 상당한 내력의 손실이 있었다.

몸 곳곳에 크고 작은 부상도 당했다.

나머지 인원이라면 몰라도 음양쌍괴를 상대하기란 분명 버거웠다.

"오행살검진이 쉬운 것이 아닌데 제법이더구나."

호광이 말했다.

"운이 좋았습니다."

"아니, 실력이다. 너처럼 능숙하게 양손을 자유자재로 쓰며 한 번에 두 가지 무공을 사용하는 자가 몇이나 되겠느냐? 설사 사용한다 하더라도 거의 흉내에 불과할 뿐 너처럼 완벽한 위력을 구현하진 못한다."

"이런 상황이 아쉽구나, 아이야."

호영이 탄식하며 검을 들었다.

"무림이란 곳이 원래 이런 곳이지."

안타까워하는 호영과는 달리 호광은 담담했다.

음양쌍괴가 자세를 잡자 풍월 역시 신중히 검을 세웠다.

"조금 전 그 위력을 확인은 했으나 검선이 좌수검을 용인했다는 것이 지금도 이해가 가지 않는다."

"해서 기쁘게 확인을 해보려 한다. 과연 좌수검으로 펼쳐지는 화산검선의 무공은 어떠할지."

음양쌍괴가 나란히 검을 움직였다.

그들에게 십대고수라는 명예를 안겨준 음양만절검진(陰陽萬絶劍陣)의 기수식과 함께 그들의 전신에서 무형지기가 피어올랐다.

'역시 대단… 하네.'

단순히 기수식에 불과함에도 벌써부터 압박해 오는 힘이

장난이 아니었다.

기세를 눌리기 싫었던 풍월이 곧바로 움직였다.

어쩌면 기습적인 공격일 수 있으나 음양쌍괴는 풍월을 힐난하지 않았다. 어차피 생사를 걸고 싸우는 상황에서 예의를 차리는 놈이야말로 당장 뒈져도 할 말이 없는 머저리니까.

풍월이 빠르게 전진하며 검을 휘둘렀다.

화산의 검은 날카롭고 변화가 많다는 장점이 있었다. 자하검법은 여기에 강맹함까지 더한다.

하늘 높이 치솟은 자색 기운이 음양쌍괴를 덮쳐갔다.

한 발 앞서 나온 호영의 검이 부드럽게 움직였다.

유로써 강을 제압하듯 강맹함을 자랑하는 풍월의 공격을 정면으로 맞선 것이 아니라 슬쩍 방향만을 바꿨다.

동시에 하늘로 솟구친 호광이 그대로 풍월의 머리를 찍었고, 풍월의 공격을 흘려 버린 호영의 검 또한 어느새 옆구리를 파고들었다.

그야말로 찰나 지간, 시간 차가 없이 벌어진 방어와 역공에 풍월도 당황할 수밖에 없었다.

더구나 두 사람의 공격은 초식이 거듭될수록 폭발적으로 위력이 증가했다.

단순히 한 사람에게 내력을 몰아줘 위력을 키운 것이 아니라 음과 양, 정반대인 공력이 완벽하게 조화를 이루며 두 사

람 모두의 공격력을 극대화시키고 있었다.

간단히 말해 한 사람과 한 사람의 힘이 합쳐져 두 사람의 힘이 아닌 세 사람, 네 사람의 힘을 내고 있는 것이나 마찬가지였다.

몇 번의 공방 끝에 풍월은 이들의 공세에 정면으로 맞서선 답이 없다고 판단했다.

뭔가 대책을 세워야 했다.

그전에 몸을 건사하는 것이 우선이란 생각에 풍월은 자신의 모든 역량을 뇌운보에 집중했다. 그렇잖아도 뛰어난 보법을 풍월이 목숨을 걸고 펼치자 이름 그대로 번개를 일으키고 구름을 불렀다.

"허!"

보는 것만으로도 온몸이 떨리는 음양쌍괴의 살벌한 공세를 오직 보법만으로 피해내는 것을 보며 서문후는 감탄을 금치 못했다.

공수에서 완벽한 조화를 이룬 음양쌍괴의 공격도 대단했지만 그것을 회피하는 풍월의 보법은 그 이상으로 대단했다.

'약점이 없다. 결국 답은 하나뿐.'

음양쌍괴의 공세를 피하며 합격술의 약점을 찾으려 했던 풍월은 그것이 사실상 불가능하다는 것을 알고는 지금껏 아껴 두었던 최후의 한 수를 꺼내 들었다.

풍월이 바닥을 향해 손을 뻗자 주인 잃은 검이 그의 오른손으로 빨려 들어왔다.

풍월의 갑작스러운 행동에 음양쌍괴의 공세가 잠시 멈칫했고 그 틈을 놓치지 않은 풍월이 힘겹게 몸을 뺐다.

풍월이 심호흡을 하며 양손에 검을 들었다.

좌검우도(左劍右刀).

원래 의도한 바는 그랬지만 당장 도를 구할 수가 없어 임시방편으로 검을 들었다. 그래도 오른손에 들린 검도 묵직한 느낌이 나쁘지 않았다.

정신을 집중한 풍월이 조심히 묵천심공을 운기했다.

단전을 차지하고 있는 자하신공에 밀려 한쪽에서 웅크리고 있던 묵천심공이 기지개를 켰다.

자하신공이 반발하려 했으나 그것도 잠시, 이내 묵천심공에게 한쪽 영역을 나누어주었다.

묵천심공이 본격적으로 준동하기 시작하자 전신이 은은한 자색으로 물들었던 풍월의 몸에 조금씩 묵빛 기운이 덧씌워졌다.

"음."

풍월의 몸에서 두 가지 기운이 발출되는 것을 확인한 음양쌍괴는 당혹스러웠다. 더구나 새롭게 모습을 드러낸 기운이 꽤나 익숙하다는 것도 의아했다.

풍월의 오른쪽 손에 들린 검이 사선으로 움직였다.

검 끝에 맺어진 은은한 묵광과 더불어 귓가를 울리는 뇌성을 들으며 음양쌍괴는 풍월이 풍뢰도법을 펼치려는 것을 직감했다.

풍뢰도법을 펼치는 것과 동시에 왼쪽 검도 움직였다.

날카로움 속에 강맹함을 담았던 자하검법이 아니라 이번 검은 화려한 변초가 특징인 매화십이검.

일세를 풍미한 화산검선과 철산마도의 무공이 동시에 펼쳐진 것이다.

"맙… 소사!"

"이, 이게 무슨!"

음양쌍괴의 입에서 비명과도 같은 신음이 터져 나왔다.

검선과 마도의 무공을 모두 익혔다는 말을 들었을 때 무척이나 놀랐다. 괴물이 아닌가 의심까지 할 정도였다.

그래도 그럴 수 있다고 여겼다.

검선과 마도라는 희대의 기인이 공동으로 키워낼 정도라면 분명 그만한 재질이 있을 테니까.

그러나 지금 이 순간, 음양쌍괴는 도저히 믿을 수 없는, 아니, 상상조차 할 수 없는 상황을 접하곤 아무런 말도 할 수가 없었다. 그저 경악으로 가득 찬 신음을 토해내며 두 눈을 부릅뜰 뿐이었다.

매화관운과 광풍뢰동.

한쪽에서 매화가 만발하고 한쪽에선 벼락이 쳤다. 그리고 그것이 한데 어울리며 실로 기괴한 풍경을 만들어냈다.

매화가 춤을 추자 벽력이 따라왔다.

휘몰아쳐 오는 강기의 파도를 보며 음양쌍괴의 안색은 파리하게 변했다.

'화산검선과 철산마도.'

절로 두 사람의 모습이 떠올랐다.

그 옛날, 두 사람이 합공을 하면 어떨까 하는 상상을 해본 적이 있다.

과연 자신들의 합격술에 비할 수 있을까?

결론은 절대 아니었다.

음양의 조화를 완벽하게 이뤄낸 자신들과는 달리 검선과 마도의 무공은 마치 물과 불 같아서 절대 융합될 수가 없었다.

그런데 지금, 상상으로만 가능했던 일이 눈앞에서 일어나고 있었다.

미친 듯이 가슴이 뛰었다.

다시는 느낄 수 없으리라 여겼던 호승심이 주체할 수 없을 정도로 솟구쳤다.

음양쌍괴는 피하지 않았다.

나이를 떠나 무림사에 있어 신기원을 이룩한 상대에게 보내는 최소한의 예의였다.

물러서기는커녕 혼신의 힘을 다해 반격을 했다.

'음.'

자신의 공격이 무력하게 사라지는 것을 확인한 풍월이 입술을 꽉 깨물며 몸을 틀었다.

곧바로 검을 회수한 음양쌍괴는 날카로운 눈빛으로 풍월의 움직임을 쫓았다.

풍월이 재차 공격을 해왔다.

좌수검으론 매화십이검의 절초를, 오른쪽 검으론 풍뢰도법의 후삼식을 거푸 펼쳤다.

음양쌍괴 역시 그들이 평생토록 익혀왔던 무공을 전력을 다해 펼쳤다.

꽈꽈꽈꽝!

조금 전과는 비교가 되지 않을 정도로 치열한 공방이 이어지며 주변 또한 초토화가 되었다.

그렇게 일각이 흘렀을때 풍월에게 천재일우의 기회가 왔다.

그들이 일으킨 충돌로 인해 사방으로 흩날리던 나뭇잎 중하나가 호광의 눈을 가렸고 때마침 파고든 검에 의해 호영과의 연계에서 정말 미세한 틈이 벌어진 것이다.

'기회!'

풍월의 눈이 번뜩였다.

동시에 힘찬 외침과 함께 오른손에 들린 검이 빛살처럼 날아갔다.

뇌룡토주였다.

호광은 자신을 향해 짓쳐드는 검은 개의치 않고 즉시 반격을 했다. 자신에 대한 공격은 호영이 처리해 주리라는 굳건한 믿음이 있었기 때문이다.

그 믿음은 검황과의 대결을 제외하곤 지금껏 단 한 번의 배신도 없었고 호영이 풍월의 뇌룡토주를 완벽하게 막아내며 또 한 번 증명을 해냈다.

하지만 뇌룡토주의 위력은 그들이 생각하는 것 이상이었다. 그로 인해 두 사람의 연계에 실낱같이 생겼던 틈이 조금 더 벌어졌는데 그들은 그것을 정확하게 인지하지 못했다.

그것의 대가는 컸다.

번쩍!

섬전과 함께 호광의 품으로 풍월의 검이 파고들었다.

지금껏 보여주지 않았던 빠름에도 호광은 개의치 않았다. 호영이 막아주리라 믿고 당연히 반격을 펼쳤다.

한데 호영의 반응이 늦었다.

그 차이라 봐야 찰나에 불과했지만 풍월이 혼신의 힘을 다해 펼친 매화일첨이 그 차이를 꿰뚫었다.

"컥!"

비틀거리며 뒤로 밀려나는 호광의 눈이 고통으로 일그러졌다.

방어에 실패한 호영의 검이 곧바로 풍월을 공격했다.

피한다고 피했으나 풍월의 옆구리에도 깊은 상처가 새겨졌다.

그래도 분명 승기를 잡은 것은 풍월이었다.

무리한 내력의 운용으로 이미 깊은 내상을 입은 풍월은 목구멍을 치고 올라오는 울혈을 억지로 삼키며 음양쌍괴를 향해 달려들었다.

지금의 기회를 놓치지 않겠다는, 아예 끝장을 보겠다는 기세로 몸에 남은 모든 내력을 끌어모아 자하검법과 풍뢰도법을 펼쳤다.

맹렬히 접근하는 풍월을 보며 음양쌍괴가 동시에 떠올린 초식.

극음천빙(極陰天氷)과 극양천화(極陽天火)

그 두 개가 하나가 되었을 땐 검황마저 감히 정면으로 맞서지 못하고 회피했을 정도로 절대의 위력을 지녔다.

극양과 극음의 힘이 하나로 합쳐진 공격의 위력은 상상을 초월했다.

풍월과 마찬가지로 최후의 일격에 모든 공격을 쏟아부은

그들의 공격은 북풍한설보다 매서운 냉기와 활화산 같은 뜨거움을 동시에 지녔다.

자하통천과 풍뢰천멸, 극음천빙과 극양천화가 허공에서 부딪치며 거대한 폭발을 일으켰다.

엄청난 폭음과 함께 충격파가 사방 삼십 장을 휩쓸고 지나가며 걸리는 모든 것들이 파괴되었다. 심지어 풍월과의 싸움에서 목숨을 잃은 시신들마저 무참히 휩쓸려 형체를 알아보기가 힘들 정도였다.

호광의 입에서 처음으로 신음이 흘러나왔다.

부러진 검에 의지해 간신히 중심을 잡고 있는 그의 머리카락은 산발이 되었고 입고 있던 옷은 갈가리 찢겨 걸레쪽이 되어버렸다.

입을 타고 흘러내리는 피는 붉다 못해 검었고, 피 사이로 잘게 잘린 내장 조각이 비치는 것을 보아 단순한 내상을 넘어 내부의 장기마저 완전히 파괴된 것을 알 수 있었다.

멀리 튕겨져 나가 처박힌 호영의 상세는 더 좋지 않았다.

잘려 나간 왼팔과 다리에서 피가 폭포수처럼 쏟아졌음에도 미동조차 없는 것이 이미 숨이 끊어진 것 같았다.

풍월 역시 무사하진 못했다.

머리부터 발끝까지 상처가 없는 곳이 없었다.

상처에서 흘러나온 피가 전신을 붉게 물들였다.

그래도 치명적인 부상을 당한 음양쌍괴보다는 몸 상태가 훨씬 양호했다.

누가 보더라도 풍월의 승리였다.

한데 음양쌍괴를 보는 풍월의 시선이 묘했다. 승리의 기쁨은 온데간데없고 씁쓸함과 더불어 의문이 가득했다.

"어째서 그런 겁니까?"

풍월이 물었다.

"무슨 뜻이냐?"

호광이 반문했다.

"어째서 마지막에 힘을 거뒀냐고 묻는 겁니다. 만약 힘을 거두지 않았다면······."

"모두 저 꼴이 되었겠지."

호광이 이미 숨이 끊어진 호영을 처연한 눈빛으로 바라보았다.

만약 자신이 끝까지 힘을 유지했다면 최소한 지금처럼 절명을 하지는 않았을 터. 죽음을 맞이하는 것은 피할 수 없지만 그래도 마지막 대화를 나눌 시간 정도는 얻을 수 있었을 것이다.

"그런 눈으로 볼 것 없다. 네가 예뻐서 그런 것은 아니니까."

호광이 시루묵한 표정의 풍월을 힐끗 바라보며 말했다.

"그럼 어째서······."

"검선과 마도… 아니다. 말해 뭣 할까."

코웃음을 친 호광이 호영을 향해 힘겹게 고개를 돌렸다.

"아쉽군. 조금 더 일찍 만났다면 보다 멋진 승부를 할 수 있었을 텐데……."

아련한 눈길로 호영을 바라보는 호광의 눈빛이 급격히 어두워졌다.

스르륵 눈이 감기고 부러진 검에 의지해 겨우 버티던 몸이 서서히 무너져 내렸다.

한때 천하를 오시했던 음양쌍괴는 그렇게 목숨을 잃었다.

답답한 표정으로 호광의 죽음을 지켜보던 풍월의 입에서 긴 한숨이 흘러나왔다.

목숨을 건지긴 했으나 이겼다는 생각은 전혀 들지 않았다.

더불어 음양쌍괴와의 싸움을 통해 자신이 지닌 약점을 또 한 번 돌아볼 수 있었다.

만약 음양쌍괴의 합격술에서 틈을 찾아내지 못하고 조금만 더 싸움이 이어졌다면 자신이 무조건 패배했을 것이다.

전혀 상반된 두 가지 무공을 동시에 펼친다는 것은 그만큼 막대한 내공과 심력을 필요로 했기 때문이다.

또한 내공의 부족 때문인지 각자 펼쳤을 때보다 동시에 무공을 펼쳤을 때의 위력이 다소 감소했다. 만약 그대로 유지를 할 수만 있었다면 상황은 분명 달라졌을 것이다.

'결국 내공 문제란 말이네.'

풍월의 입에서 절로 한숨이 흘러나왔다.

내공은 결코 하루아침에 늘릴 수 없다. 지금의 내공을 지니게 된 것도 두 분 할아버지의 희생이 아니었으면 어림도 없는 일이었다.

그때, 풍월의 상념을 깨뜨리는 움직임이 있었다.

싸움의 여파를 피해 멀리 물러나 있던 호오단이 서문후의 명을 받고 다시 풍월을 에워싸기 시작했다.

"미치겠네."

조심스레 접근하는 적들을 보며 풍월은 허탈하게 웃었다.

음양쌍괴를 상대하기 위해 전신에 남은 모든 힘을 쏟아부은 지금 무공은 고사하고 검을 쥘 힘도 남아 있지 않았다.

이유야 어찌 되었든 음양쌍괴라는 거대한 산을 겨우 넘었건만 기다리는 건 결국 낭떠러지였다.

풍월은 지그시 눈을 감았다.

손가락 하나 까딱할 힘도 남아 있지 않은 지금 대항은 무의미한 것. 죽음 앞에 구차해지고 싶지 않았다.

바로 그때, 어둠을 뚫고 날아드는 음성이 있었다.

살벌한 분위기와는 전혀 어울리지 않는 너무도 낭랑한 목소리였다.

"아주 지랄들을 해요."

너무도 익숙한 목소리다. 지그시 감겼던 풍월의 눈이 번쩍 떠졌다.

　목소리의 주인이 어느새 눈앞에 서 있었다.

　환하게 웃는 모습에 풍월이 어이없다는 표정으로 물었다.

"형님이 여기 왜 있어?"

『검선마도』 5권에 계속…

초대형 24시 만화방

신간 100%, 샤워실, 흡연실, 수면실(침대석), 커플석, 세탁기 완비

▪ 광명 광명사거리역점 ▪

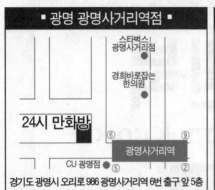

경기도 광명시 오리로 986 광명사거리역 6번 출구 앞 5층
02) 2625-9940 (솔목타워 5층)

▪ 강북 노원역점 ▪

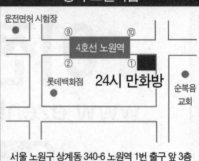

서울 노원구 상계동 340-6 노원역 1번 출구 앞 3층
02) 951-8324 (화용빌딩 3층)

▪ 일산 정발산역점 ▪

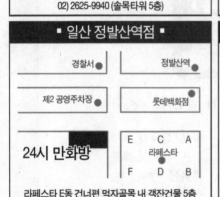

라페스타 E동 건너편 먹자골목 내 객잔건물 5층
031) 914-1957

▪ 일산 화정역점 ▪

경기도 고양시 덕양구 화정동 984번지 서일빌딩 7층
031) 979-4874 (서일사우나 건물 7층)

▪ 부천 역곡역점 ▪

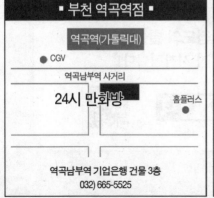

역곡남부역 기업은행 건물 3층
032) 665-5525

▪ 부평역점 ▪

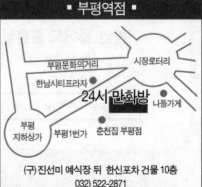

(구)진선미 예식장 뒤 한신포차 건물 10층
032) 522-2871

FUSION FANTASTIC STORY

재능 넘치는 게이머

덕우 장편소설

프로게이머가 된 지 약 반년 만에
세계 챔피언이 된 강민허.
그리고 이어지는 그의 돌발 선언.

"저, 강민허는 오늘부로 트라이얼 파이트 7
프로게이머에서 은퇴하겠습니다."

"로인 이스 온라인에서 다시 한번
세계 최고의 자리에 올라서겠습니다."

**프라이드 강, 강민허.
그의 새로운 도전이 시작된다!**

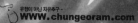

Book Publishing CHUNGEORAM

운행이 아닌 자유추구 -
WWW.chungeoram.com

FUSION FANTASTIC STORY

초인의 게임

니콜로 장편소설

지저 문명의 침략으로 멸망의 위기에 빠진 인류.
세계 최고의 초인 7명이 마침내 전쟁을 종식시켰으나
그들의 리더는 돌아오지 못했다.

그리고 17년 후.

"서문엽 씨!
기적적으로 생환하셨는데 기분이 어떠십니까?"
"…너희 때문에 X같다."

죽어서 신화가 된 영웅.
서문엽이 귀환했다.

검선마도

검선마도

조돈형 新무협 판타지 소설

FANTASTIC ORIENTAL HEROES

4

검선마도 4

조돈형 新무협 판타지 소설

초판 1쇄 찍은 날 § 2019년 4월 18일
초판 1쇄 펴낸 날 § 2019년 4월 25일

지은이 § 조돈형
펴낸이 § 서경석

총괄팀장 § 최하나
편집책임 § 김대용

펴낸곳 § 도서출판 청어람
등록번호 § 제387-1999-000006호
등록일자 § 1999. 5. 31
어람번호 § 제2-2784호

주소 § 경기도 부천시 부일로 483번길 40 서경B/D 3F (우) 14640
전화 § 032-656-4452 팩스 § 032-656-4453
http://www.chungeoram.com
E-mail § chungeorambook@daum.net

ISBN 979-11-04-91978-7 04810
ISBN 979-11-04-91930-5 (세트)

검선마도

조돈형 新무협 판타지 소설

FANTASTIC ORIENTAL HEROES

KB078704